Coffee
Coffee
Coffee
COFFEE

Coffee

コーヒーと楽しむ 心が「ホッと」温まる50の物語

西澤泰生＿著　　洪玉珊＿譯

歡迎光臨解憂咖啡店

大人系口味・三分鐘就讓您感到幸福的真實故事

目錄

【中文版序言】心靈的充電妙方 8
【序言】獻給感到疲憊的您，在休閒時刻也能「喘口氣」 12

宛如咖啡歐蕾的「緩和心靈的溫馨物語」 15

1 向您推薦「發呆時刻」 16
2 特別的客人 20
3 蒙古男孩教導我的事 25
4 拒絕上學的小欽 29
5 在住家焚毀的遺址中所展開的事 33

6 笑著三振出局 37
7 這個世界上又多了兩個人 42
8 重來一遍的神奇字句 46
9 渴望融入新環境時 51
10 漂浮在溫泉裡的美國人 55
11 倘若你們對我展現笑容…… 59
12 受災地的鶴瓶大師 64
13 勘太的雨傘 69

彷彿綜合咖啡的「搏君一笑的輕鬆小品」 73

14 頂著紅色臉盆的男子 74

15 咖啡廳的笑話 78
16 來自魔術師的聖誕卡 83
17 蛭子能收的道歉記者會 88
18 松本零士的神奇（？）體驗 92
19 被迫捐款的漫畫家 96
20 高田純次實在太強啦！ 101
21 「要穿女裝嗎？」 105
22 未來有什麼夢想？ 110
23 小心4月1日！ 114
24 採訪貓咪 118
25 受到眷顧的男子 123
26 「請保持冷靜，不要擅自亂動！」 127

像是黑咖啡的「發人省思卻略帶苦澀的故事」 131

27 早晨的咖啡廳 132

28 一流大廚的三流餐廳 137

29 鄰桌的顧客…… 141

30 壞印象是「一輩子的痕跡」 145

31 兒童會長選舉教我的事 150

32 假如某天看到桌上擺著花…… 154

33 搭乘擁擠捷運的壓力是…… 158

34 開始撰寫連載文章之後…… 162

35 用科學「創造美好的一天」 167

36 「你搭乘的飛機……」 171

37 糖果裡的訊息 175

38 與外包設計師交手的痛苦回憶 179
39 一念之差救了北野武一命 183

如同濃縮咖啡的「意喻深遠的寓言」 187

40 直到看不見客戶為止 188
41 腳踏車翻倒在地的時候 193
42 向店家借一支筆 197
43 肚量的差異 202
44 即使只是作秀 206
45 將描繪在地上的線條縮短的方法 210
46 織田信長在「桶狹間之戰」給予最高評價的家臣 215

47 海盜的秘密 219
48 達摩祖師對苦惱中的弟子說的話 223
49 美意的安排 227
50 獻給「自責不已」的你 231
【後記】要來杯茶嗎？ 235
主要參考資料 238

【中文版序言】

心靈的充電妙方

西澤泰生

二〇二〇年，由於新冠病毒的影響，我們都陷入了被剝奪「普通生活」的狀態。

與朋友相聚，開心地聊天，一起用餐，互相擁抱後再散會。

原本這麼「理所當然的事」，卻「理所當然」地再也無法實現了！

各行各業亦是如此。

前往公司，在辦公室與同事們並肩工作；烹調美味的料理，獻給顧客品嘗；規劃活動，邀請許多人共襄盛舉……等等，種種工作再也無法像從前那樣輕易地完成。孩子們沒辦法上學，職業運動賽事全部停擺。

這種情況，在二〇一九年時是完全無法想像的。

即使想要採取行動，**卻無法隨心所欲地動作**……。**此時此刻**，**我們**

只能將目光朝向未來，並且專注於「現在能夠做到的事」。

而「現在能夠做到的事」其中之一，便是養精蓄銳、儲存能量，「爲自己充電」。想要達到這個目標，有個再簡單不過的方法，就是「讀書」。

前面的鋪陳太長了。

台灣的讀者們大家好！我是西澤泰生。

非常感謝您手中正拿著這本書。本書能夠發行台灣版，被諸位讀者們翻閱，對我來說可眞是無上的喜悅。

我原本是一位平凡的上班族，受到他人的鼓勵出版著作之後，現今已是一名職業作家。

我一貫的目標是寫作「能夠治癒疲憊之人的書籍」「閱讀之後能夠舒緩情緒的書籍」「爲心靈增添養分、能夠提振幹勁的書籍」，現在依舊孜孜不倦地振筆疾書。

本書亦在上述這些書籍的行列之中。

我想寫出一本「最適合一邊享受品嘗咖啡或茶、一邊閱讀的書籍」。雖然沒有預料到會爆發新冠病毒疫情，不過我認爲本書是居家防疫期間，最適合陪伴大家「休閒時刻」的書籍。

請容我在此打個岔，分享一則我認識的某位公司老董，他在年輕時擔任上班族業務的經驗談。

那是發生在某個月的眞實經歷。不知爲何，從月初開始他的營業額每天都一直掛零，不管怎麼努力跑業務都沒用。這個月已經過了一半，營業額依舊毫無起色。

他完全沒招了，對前途感到一片茫然。

有一位前輩同仁看不過他的窘境，向他提議：「明天一整天，把工作拋在腦後，我們一起去旅行吧！」

老實說，他在這種情況下根本沒心情去玩，但還是非常感激地接受前輩的建議，週末時盡興地開心出遊……。

隔天，就談成了一筆大訂單！

藉著這道突破口，他後半個月的業績源源不斷地成長，一直持續到月底……。

這個月的豐厚業績，竟然讓他從進入公司以來，第一次獲得「本月最佳業務獎」！

他原本因爲業績一直掛零而焦慮不已，還把這份焦躁鬱悶的情緒傳染給客戶，陷入了惡性循環當中。

「旅行」正是「讓心靈喘口氣的充電妙方」，讓他得以重振精神，進而將局勢扭轉成良性循環。

這則故事乍聽之下很不可思議，卻是真真實實的經歷。

心靈獲得充電，進一步重振精神，就能獲得超乎預期的能量！

若本書能夠爲您的心靈充電，成爲您重振精神的契機，便是我無上的榮幸。

【序言】

獻給感到疲憊的您，在休閒時刻也能「喘口氣」

陳列在整面牆壁架子上的咖啡杯。

有大、有小。

有高、有矮。

有五彩繽紛。

亦有簡單的純白……。

客人們在琳瑯滿目的各式咖啡杯當中，選擇符合當天心情喜好的杯子樣式。

過沒多久，咖啡裝在那個杯子裡，端了上桌。

我在學生時期，曾經造訪過這樣的小型咖啡廳。然而，記憶中當時還是窮學生的我，比起選擇「符合當天心情」的咖啡杯，更偏向挑選能夠盛裝更多咖啡的杯子……。

本書集結了趁著休閒時刻「呼~」地喘口氣的空檔，能夠快速讀完的五十則故事。

每則故事的篇幅大約四到五頁。方便您「在咖啡冷掉之前」讀完。

以下是本書目錄。

- 宛如咖啡歐蕾的「緩和心靈的溫馨物語」。
- 彷彿綜合咖啡的「搏君一笑的輕鬆小品」。
- 像是黑咖啡的「發人省思卻略帶苦澀的故事」。
- 如同濃縮咖啡的「意喻深遠的寓言」。

請您比照「以此刻的心情選擇喜歡的咖啡杯」那樣，從目錄當中選擇偏愛的標題，依照自己的喜好順序來閱讀。

希望本書能在您「喘口氣」的空檔，爲您創造美好時光。

宛如咖啡歐蕾的

「緩和心靈的溫馨物語」

1 向您推薦「發呆時刻」

在一杯咖啡的短暫休閒時刻裡。

您如何度過這段時光呢？

盯著手機看嗎？還是讀一本書？

這些消磨時光的方法都不錯，不過我想請您試試暫時把視線從手機畫面或書本紙張上移開，什麼都不做，只要發呆就好。

咦？

「這樣豈不是浪費時間嗎？」

不是的唷。

先別緊張，像這樣什麼事都不做，可是非常有意義的一段時光呢！

「不准發呆！」

以往在雷厲風行的職場上，一旦有人停下手邊的工作，立刻就會傳來主管的怒罵聲。

然而，實驗研究結果卻發現，「處於發呆的狀態之下，就能浮現出好點子。」

美國華盛頓大學的研究指出，比較人類在「進行某些行動」以及「發呆」兩種狀態下，在「發呆」時，大腦掌控記憶力和判斷力的部位更加活躍。

也就是說，什麼都不要想、只是放空發呆，實際上大腦正出乎意料之外地活躍運轉呢！

產生這種現象的原因，可能跟大腦的血液分散到大腦的部位有關。

以人類進行某些行動來舉例說明。

無論是寫文章或讀書，爲了進行這些動作，血液會被運送到大腦的某些部位。

換句話說，腦部裡的血液會偏向集中於那些部位。

相反地，假如什麼都不做、只是放空發呆，血液就會平均運送至大腦的所有部位。

如此一來，整個大腦就能充滿活力，平時想不到的點子便紛紛冒出來了。

整體而言，大腦平時消耗掉全身精力的二成。

而「發呆」這件事，能夠更有效地運用如此大量的精力。

這樣看來，似乎就能理解世界知名的企業家們，諸如史帝夫·賈伯斯（Steve Jobs）等等之人，愛好冥想的原因了。

這些企業家從各種經驗中得知，透過冥想能夠獲得更多新靈感。

您是否想不到解決問題的辦法呢？

與其蒙著頭鬱悶地拚命思考，不妨試試放空腦袋發呆，讓自己達到無心的境界，說不定便能浮現出不錯的解決之道喔！

那麼，在短暫的休閒時刻裡，讓我們啥事都不做、放空發呆吧！

附帶一提，「發呆」並不是指打盹睡著，可別搞錯唷！

＊本文參考《以科學方法提升精力大全》（《科学的に元気になる方法集めました》）
堀田秀吾著，二〇一七年，日本文響社

2 特別的客人

走進咖啡廳，看見站在櫃台邊上的店員微笑著招呼客人，光是這一幅景象就讓人感到心情愉悅。

即使面對像我這樣經常在咖啡廳裡寫稿、只點一杯咖啡就坐上老半天的客人，店員也不會厭煩生氣，依舊滿臉笑容幫忙添水，眞是令人心懷感激。

相反地，當我點一杯咖啡並奮筆疾書時，聽到櫃台邊的店員用整間店都聽得見的音量，大聲地說：「現在店裡有許多客人，請先確認有位子再點餐喔！」則是讓我感覺好似被人指責：「喂！只點一杯咖啡的人趕快滾出去！」進而坐立難安，匆忙收拾東西走人。

如此高聲提醒客人的店家，或許那就是他們奉行的待客之道吧！

2
特別的客人

讓我們來看看在日本有著「經營之神」稱號的松下幸之助，從他的前輩之處聽聞「即使過了幾十年，仍在心裡留下深刻印象」的故事吧！

故事背景是一間歷史悠久的日式點心店。

某一天，一位乞丐獨自來到店裡購買點心饅頭。

店裡的小廝雖然按照乞丐的要求、打包了一個點心饅頭，卻不知道該如何接待這樣的客人，躊躇著沒有把商品交出去。

店老闆看到這幅景象便向小廝說：「你等等，讓我來吧！」語畢，店老闆親自將點心饅頭交到乞丐的手上。

並且在收取銀錢後，比平時更恭敬地向乞丐深深一鞠躬道：「由衷感謝您光臨本店！」

等到乞丐離開後，小廝詢問店老闆：「至今爲止，無論多麼尊貴的客人，您從來不曾親手交付商品。爲什麼今天破例親自接待呢？」

店老闆如此回答：

「也難怪你覺得不可思議，那就好好記住我說的話。今天這一位是非常特別的客人。平時身分尊貴的客人們，每個人都是家財萬貫的有錢人。跟他們相比，剛才的客人可能心裡想著『到死之前至少要嘗過一次店裡的點心饅頭』，因而把所剩不多的全部積蓄都掏出來購買。再也沒有比這樣更令人感激的事了！這可說是做生意時感到幸福的最高境界。身爲老闆的我，親自以大禮招待如此特別的客人，對生意人而言是理所當然的事。」

松下幸之助很喜歡這則故事，感慨道：「爲了這樣的情景而感到喜悅，才是生意人該有的態度。」

眞是不錯的故事。

如果把場景替換到寫書的作家身上——在慶祝出版的簽書會上，排隊等候的讀者當中有一個人表示：「我一年只讀一本書，今年讀的那一本就是你的書。」

對於寫書的作家而言，聽到讀者這番話，便是身爲作家所能感受到最幸福的境界吧！

作家一高興，無論是簽名或合照，全都來者不拒。

面對只買一個點心饅頭的乞丐，老店的老闆卻以大禮相待。

眞想把這則故事分享給奉行「客滿的時候，大聲呼喊『請先確認有位子再點餐』、而讓店內的客人備感壓力」的待客之道的咖啡店老闆。

但是，話說回來，反正我也不是掏出全部積蓄只爲喝一杯咖啡的客人就是了……。

＊本文參考《經營之神的初心》
松下幸之助著，二〇一五年，春光出版

3 蒙古男孩教導我的事

從前有個電視節目，內容是一位蒙古遊牧民族的單親媽媽和小學兒子的生活情景。

在沒有男丁的遊牧民族家庭裡，照顧家畜成爲一項艱鉅任務，生活忙碌不堪。由於經濟能力不足，這位媽媽不得已，只好讓年幼的兒子住在小學宿舍裡。

隨著攝影機進入小學宿舍，看見孩子們三餐無虞，讓觀眾們鬆了一口氣。

此般背景下，這位媽媽住在草原上的蒙古式移動住所（蒙古包），每過幾個月才能和就讀小學的兒子見一次面。

而這位小男孩正處於喜歡向媽媽撒嬌的年紀。

小男孩的宿舍床鋪旁，一直擺著媽媽和自己的合照。當他只要看著合照，就不會感到寂寞。

電視節目還播出這對母子分離數個月之後再度團聚的情景。

分離許久後再度團聚，母子倆都非常開心。

光是看著他們的身影就讓人感覺溫馨不已，特別令我感動的是，小男孩再度回到學校宿舍那天所做的事。

由於團聚時間正好是準備迎接冬天的時節，媽媽不得不移居到比較溫暖的地區。

爲此，下次母子團聚只能等到半年後。

時間來到母子依依不捨分別的那天早晨。

小男孩竟然把一直擺在他宿舍床鋪旁、僅此一張的「與媽媽的合照」裝在相框裡，送給了媽媽。

電視節目工作人員看到這一幕，不禁擔心地問小男孩：「把如此重要的合照送給媽媽沒關係嗎？」

小男孩露出微笑，對工作人員說：

「沒關係啦！因為剛才我覺得媽媽很寂寞的樣子。」

有一派理論認為，孩子「在三歲前必須長時間和父母共處」。這一派理論讓基於各種家庭因素而必須外出工作、把小孩送去幼兒園的母親們產生心理負擔。

這些毫不考慮每個家庭的背景、愛管閒事的人們，擺出一副深諳事理的姿態，大聲疾呼：「這麼小的孩子被送到幼兒園真可憐！」無情地責怪拚命努力的單親媽媽。

我認同在三歲之前讓孩子接觸所謂「人的感情」非常重要。然而……，把孩子培育為「滿懷情感的孩子」之關鍵因素，絕對不是和父母「一起共處的時間長度」。

即使由於各種因素導致親子僅能短暫團聚，但只要誠心向孩子傳達：「爸媽很愛你！」不就夠了嗎？

面對在幼兒園遲遲等不到母親前來迎接而泣訴「好寂寞」的孩子，家長亦向孩子坦承「**媽媽也很寂寞**」，並將孩子緊緊擁抱在懷裡。

如此的親子關係，絕對沒有其他人可以說三道四的餘地。

親子之間的感情深厚程度，並非由一起共處的時間長短來決定。

這就是蒙古男孩教導我的事。

4 拒絕上學的小欽

「拒絕上學」，已成爲越來越嚴重的問題。

小說《清秀佳人》女主角——擁有一頭紅髮的安妮，也曾經有一段時期拒絕上學。

老實說，我在國小低年級時也曾經歷過，並非抗拒學校而「拒絕上學」，而是「拒絕進教室」。

所謂的教室，是開設在我家附近的繪畫教室。

雖然名爲繪畫「教室」，卻不教學生如何繪畫，授課方式是在桌上擺放人型玩具、恐龍模型、迷你汽車等等，讓學生看著這些東西自行隨意塗鴉。學生把完成的作品拿給老爺爺般的老師過目，老師隨手畫出幾朵小花以示鼓勵，簡直是「超隨便教室」（笑）。

當時，我每週上一次繪畫課。某天，同一間繪畫教室裡、比我還年長的學生（大約是小學三至四年級的小屁孩……呃，小孩子）對我惡作劇，搶走我的繪畫用具不還我。如今回想起來，其實只是小孩子的幼稚玩笑罷了。

老爺爺老師原本一直待在教室裡（就是老爺爺老師住家的其中一間房間），當時他剛好暫時離開教室，其他學生便趁機作亂。

老爺爺老師一回到教室裡，對我惡作劇的年長學生就裝作一副什麼事情都沒有的樣子，來掩飾他的惡行。

身爲受害者的我也無法對此提起訴訟，只能隨便亂畫幾筆，咬緊牙根把悔恨感壓入心底，收拾東西回家。

一回到家，我什麼理由都沒說，突然對母親宣告：「再也不去繪畫教室了！」

實際上，我的確再也沒有去過那間教室。

假使把我的情況套用在小學裡，或許就演變爲拒絕上學也說不定。

即便性格溫厚如我（別自誇啦！），也會做出這般反應。

4
拒絕上學的小欽

如果不是當事人，其他人實在很難深入理解拒絕上學的原因。

接下來，要分享的是被稱爲「小欽」的萩本欽一同學，他在高中時期爲何拒絕上學的故事。

由於家庭經濟困難，小欽在早晨和放學後都要打工，不僅跟不上學習進度，也買不起學校的必備用品，整個人疲憊不堪。

小欽經常一邊哭、一邊向母親抱怨：「我實在不想去上學！」

母親回答：「這種事要跟爸爸討論。」

身爲高中生的小欽，動身去找當時分居中的父親表示：「我想休學。」

父親問：「休學後要幹嘛？」

小欽脫口而出：「想去看電影。」

父親聽了便說：「只是這樣的話根本沒必要休學啊！」並把電影票錢給了小欽。

小欽隔天立刻翹課，一口氣連看三場電影。然而，連續三天都做同樣的事情之後，電影院裡的影片都被他看遍了。

第四天時，小欽跑到比較遠的地方，看了其實沒興趣的電影，心裡滿是倦怠。

小欽告訴父親：「已經沒有想看的電影了！」

父親問：「你明天想做什麼？」

「嗯……，總之，明天還是去上學吧！」

就這樣，小欽總算沒有走到拒絕上學這一步，整個事件就此落幕。

小欽事後坦言：「如果當時老爸是向我怒罵：『竟然敢提休學，你到底在想什麼！』的話，我絕對會堅持休學。」

小欽原本與父親關係疏離，由於高中時代發生了這件事，所以至今他仍對父親尊敬無比。

父親沒有強迫小欽，反而做出神來一筆的回應，並非靠著苦口婆心的勸說，而是讓小欽發自內心地認同。

＊本文參考《低潮時更要「慎言」》（《ダメなときほど「言葉」を磨こう》）

萩本欽一著，二〇一七年，日本集英社

5 在住家焚毀的遺址中所展開的事

谷啓先生，是代表日本昭和時期的喜劇泰斗。

他身爲大受歡迎的日本喜劇團體「Crazy Cats」❶其中一員，以「卡衝——！」❷的搞笑口號和手勢風靡一時。

附帶一提，「Crazy Cats」正式團名爲「花肇與Crazy Cats」，由花肇擔任團長。

❶Crazy Cats是日本的爵士樂隊和喜劇團體，在電影和電視中大受歡迎，尤其是在一九五〇年代和一九七〇年代之間。（資料來源：維基百科）

❷此為音譯，日文原文為ガチョーン。

而另一知名喜劇團體「漂流者」爲花肇所屬經紀事務所的後輩，花肇也是幫團員們決定藝名的大家長。

在我的童年時期，全班同學都愛看一齣由漂流者主持、名爲《八點了！全員集合》的帶狀電視節目，Crazy Cats 則主持另一部名爲《八點了！出發進行》的節目。Crazy Cats 的搞笑橋段比漂流者更偏向成人口味，我還記得小時候覺得「Crazy Cats 比漂流者無聊」。

以上是閒聊話題。

讓我們把主題拉回谷啓身上。

日本喜劇演員小松政夫有一本著作，其中某篇文章即揭露了谷啓先生性格瀟灑的一面。

根據小松政夫的描述，谷啓先生是一位非常害羞又溫柔的人。

谷啓先生很愛打麻將，經常在位於東京三鷹地區的住家招呼左鄰右舍相聚，家裡宛如麻將館。

5
在住家焚毀的遺址中所展開的事

令人拍案叫絕的是，他甚至在自家門口設置了三色旋轉霓虹燈。

當旋轉霓虹燈顯示紅色時，代表谷啓不在家；黃燈是表示缺少打麻將的人手；綠燈則表示「歡迎來玩」！

鄰居們會根據霓虹燈的顏色上門打麻將。

然而，仔細想想，這麼大喇喇地向眾人宣布「現在不在家」，實在思慮欠周啊！

不知道是否爲旋轉霓虹燈的緣故，谷啓先生的住宅某天發生意外火警而付之一炬。

萬幸的是，谷啓先生毫髮無傷。

鄰居們擔心不已，紛紛前來慰問：「你還好嗎？」對於生性害羞的谷啓而言，這簡直比住家被焚毀更難爲情。

谷啓爲了公告周知「我沒事」而想了個辦法。

他竟然在住家焚毀的遺址正中央——

開始打麻將！

他一邊打麻將，一邊對路過的人們打招呼：「我沒事！」

他身邊擺著的是被大火焚燒後剩下的旋轉霓虹燈燈罩，閃爍著代表「歡迎來玩」的綠色燈光。

哎呀~這種性格眞是太討人喜愛啦！

當朋友遇到災難時，出聲加油打氣當然能表達關懷。

然而，根據對方的性格，與其說出乾巴巴的打氣言詞，用平時的態度「當作什麼事都沒發生」來應對，反而才是體貼的表現。

即使發生火災，依舊能在遺址中打麻將。

眞不錯吶！

我也想成爲這樣的人。

*本文參考《與時代開玩笑的男人》（《時代とフザケた男》）
小松政夫著，二〇一七年，日本扶桑社

6 笑著三振出局

雖然我沒有非常熱衷於高中棒球，但是熱愛此道的人仍不在少數。我有好幾位朋友開口閉口都是「某某高中某一年在第某屆選拔賽打進前八強，身爲王牌的〇〇同學竟然在第八局丟掉三分，最後以五比三被對手逆轉，輸掉比賽……」他們對甲子園歷史如數家珍。

接下來要分享的故事說不定會惹惱「熱愛高中棒球」的讀者……，還請多多包涵見諒。

某天，我在家裡漫不經心地觀看電視實況轉播高中棒球比賽。

當天是二〇一七年的某個夏日。出賽的是同樣來自九州的神村學園（鹿兒島縣）與明豐高中（大分縣）。

直到第九局還以三分落後的神村學園，在最後一局拿下三分追成平手，比賽進入延長賽。

雖然原本的賽事就已充滿戲劇性的發展，但眞正精采高潮還在延長賽等著呢！

延長賽第十二局上半，神村學園已經有二人出局，同時也掌握了滿壘機會。

此時，打者竟然擺出突襲短打的架式。

完全出乎意料的是，內野手在一壘傳球失誤，讓神村學園一口氣奪下了三分。

一般而言，若延長賽上半場失去三分，可謂大勢已去。

明豐高中在第十二局下半展開攻勢，卻有兩人輕易被三振出局，面臨再有一人出局就結束比賽的緊張情勢。

然而此時……。

明豐高中靠著四壞球保送上壘和擊球，一口氣拿下四分，逆轉局勢取得最終勝利。

這場比賽過程簡直就是在漫畫裡稱爲「扯爆了啦！」的場面。
說是能夠名留甲子園歷史的壯大賽事也不爲過。
然而，這場比賽除了戲劇性發展，還有其他地方讓我更加感動。
那就是——雙方隊伍選手們在比賽過程中的笑容。
無論是被三振出局的選手、或是被打者擊出逆轉打的投手，都爽朗地笑道：「我失手了呀！」
造成失誤的選手笑著說：「哎呀失誤了～抱歉啦！」
周圍隊友們笑著回應：「別在意，別在意。」
更甚者，見證名留歷史賽事的兩隊教練，也笑容滿面地迎接回到休息區的球員。
每個人的笑容是如此燦爛奪目。
看著這樣的笑容，令人不禁覺得，這才是眞正的高中棒球啊！

高中棒球的本質是高中生社團活動，與職業棒球不同，乃是教育的一環（是這樣沒錯吧？）。

如今卻大張旗鼓地在電視上實況轉播，也由於引發了社會關注，偶爾還傳出光怪陸離的奇聞。

以往的年代，投手和教練不僅對於成爲「明星球員」避之唯恐不及，而且還會被周遭的人批評責罵哩！

更何況，那些圍繞在低調行事球隊周圍的人們，從來不曾體驗過在大熱天底下辛苦練習一整天的經驗，根本沒有在一旁指手畫腳的必要與權力。

高中棒球與觀眾付費觀賞的職業棒球比賽有著本質上的不同。

在職業棒球賽中，觀眾看著所支持球隊的四號打者，因失誤被三振出局而破口大罵「爛死了——！」乃理所當然之事。

反觀高中棒球賽被電視體育節目大幅報導，還擅自把高中球隊某位球員塑造成賽事主角，甚至公開播放球員的生平紀錄片，實在是作秀作過了頭。

能夠出戰甲子園，意味著「給予預賽優勝隊伍的獎勵」（亦即站上眾所矚目的舞台），本意是希望出賽的選手們，都能充分享受投出或打擊每一球的喜悅。

看著選手們在重要比賽中展現燦爛笑容，就覺得擅自塑造明星球員的舉動實在沒有意義。說到底，明日之星並非「塑造」而來，而是在比賽中「誕生」的呀！

7 這個世界上又多了兩個人

奧運比賽的另一面，是時間的競賽。

游泳或一百公尺跑步皆是如此。

咦，假如選手們抵達終點的時間一致，該怎麼辦呢？

難道兩個人都能獲得金牌嗎？

經查證後發現，不同種類的競賽有不同解決之道。

假設游泳比賽成績計算至百分之一秒單位都相同時，兩位選手皆可獲得金牌。最近的例子是二〇〇〇年的雪梨奧運，男子五十公尺自由式比賽誕生了兩位金牌選手。

另一方面，陸上競賽較爲嚴格，同時抵達終點的選手成績必須精算至千分之一秒單位；投擲競賽則不採納最佳成績，以次佳成績來決定，避免兩人同時奪金的情況。

那麼，冬季奧運團體項目之一：有舵雪橇，又是如何評比呢？

這是時隔二十年再度出現的比賽結果。

在二〇一八年平昌冬季奧運、「男子雙人有舵雪橇」的決賽場景裡，加拿大隊與德國隊於兩次比賽累積成績均爲三分十六秒八六，計算至百分之一秒單位皆相同，兩隊同時獲頒金牌。

除了比賽過程精采無比，更令人感動的是，兩隊同時奪金之四位選手的獲獎感言。

告示牌顯示兩隊獲得相同成績的瞬間，這四個人立刻擁抱競爭對手，互相爲對方獲得金牌而開心不已。

被問到獲獎感言時，加拿大選手說的話特別觸動人心：

「我們能以同樣的比賽成績一起奪金眞是太棒啦！因爲和自己同樣幸福的人，在這世界上又多增加了兩位！」

記者進一步追問，才知道原來這四位選手——

不僅是多年競爭對手，同時也是一同奮鬥的好友。

運動是爭輸贏的世界，……是吧！

像這樣大力稱讚競爭對手的舉動，除了奪金的感動以外，也包含了另一種意義的動容。

以些微差距居於亞軍的選手笑著向冠軍賀喜，以及在正式比賽失誤的選手笑著說：「哎呀~搞砸了！」等等，都是我非常喜歡的場面。

拚盡全力獲得獎牌的場景固然令人感動，反觀另一方面，無論是落敗選手大方稱讚優勝者，或者敗北的選手在四年一度的壯大舞台上流露出「我認輸」的表情，讓人看了都著實鬆一口氣。

7
這個世界上又多了兩個人

「我們能以同樣的比賽成績一起奪金眞是太棒啦！因爲和自己同樣幸福的人，在這世界上又多增加了兩位！」

這樣的感言無論聽過多少次，依舊觸人心弦。

倘若奧運設置了「所有競賽的獲獎感言比賽」，那麼此句感言奪得金牌，實乃當之無愧！

8 重來一遍的神奇字句

我像往常一般在咖啡廳裡寫稿。

此時心中大喊著：

「嗚哇哇哇——！」

悲劇突然降臨在我的身上。

花費近兩個小時寫稿，竟然一不小心刪除了四頁檔案。

原來我把後來書寫的內容覆蓋儲存在原本已經儲存好的稿件上。

這種情況下，熟悉電腦操作的人應該有辦法修復被刪除的內容吧！

不幸的是，身為「電腦白癡」的我根本不會這項技能。

8
重來一遍的神奇字句

這項打擊讓我整整呆愣了一分鐘。

然後，我得出的結論是——

憑著記憶再重寫一份！

老實說，面臨像這樣白費了好幾個小時努力的情況，我一向會想起某個人的故事。

故事主角名叫赤塚不二夫，他是創作《天才妙老爹》和《小松君》等風靡一時作品的日本搞笑漫畫之神。

這位赤塚不二夫，也曾經被出版社編輯弄丟過漫畫原稿。

編輯竟然把赤塚不二夫熬夜畫好的原稿遺忘在計程車上。

當編輯一臉茫然又不知所措地空手而返時，赤塚不二夫一句斥責的話都沒罵，立刻動手重新繪製了一份稿件。他把新繪製的稿件交給編輯時，說道：

「**因爲是第二次畫**，**所以畫得更好喔**！」

啊啊啊啊啊～～～太帥啦！

假如我是那位編輯，鐵定感動到「淚流滿面、仰天長嘯」！

面臨花費許多時間的心血卻一瞬間消失的情況時，我一向會想起赤塚不二夫的故事，並激勵自己：

「第二次重來，一定會做得比之前更好！」

遺失稿件時，我也是如此爲自己打氣，重頭開始再度奮筆疾書。

雖然不知道第二次是否寫得比原本內容精采，不過我只花費三十分鐘便重寫完畢。一旦開始下筆，腦海自然浮現文章的架構和內文，只需要原本寫作時間的四分之一即可完成。幸虧我當機立斷放棄修復檔案，趁著記憶猶新趕快動手重寫。

您是否有過「耗費半天精力完成的工作，卻瞬間泡湯」的經驗呢？

遇到這種情況，不妨像我一樣想著赤塚不二夫溫柔又帥氣的模樣，

COFFEE
TIME
FOR YOU

爲自己加油打氣：「第二次重來，一定會做得比之前更好！」

順帶一提，其實這已經是我第五、六次不小心刪除寫好的文章。每次都是赤塚不二夫幫助我走出困境。赤塚不二夫！實在太感謝您了！多虧了他的故事，幫助我在面臨「搞砸時刻」依然能積極補救！

＊本文參考《比天才妙老爹更呆的老爸》（《バカボンのパパよりバカなパパ》）
赤塚理惠子著，二〇一五年，日本幻冬社

9 渴望融入新環境時

無論是學校裡的轉學生、或者公司裡新來的員工，都想融入既有的團體當中。

該如何成爲其中一員呢？

秘訣（自認爲）就在本文中。

日本NHK電視台有個晨間節目《Asaichi》（あさイチ）。

二〇一八年四月二日，原本的主持人井之原快彥和有働由美子主播卸任，改由搞笑團體博多大吉與博多華丸主持節目。

井之原與天然呆的有働主播深受觀眾喜愛、擁有「晨間容顏」的稱號，無論由誰接任主持都讓人覺得不對味。

即使擁有高人氣的博多大吉與博多華丸，也需要一段時間才能被觀眾接受（我認為）。

讓我們看看，新一輪主持首次登場的開頭——

「大家早！」打完招呼後，大吉先生率先說：「今天是四月二日、星期一的《Asaichi》！欸，讓我們開始吧！」

哎呀～這聲「欸」的效果挺不錯的，我光是聽到這聲「欸」，就忍不住噗哧笑出來。

緊接著，他的下一句話又代替觀眾說出心中感受。

「怎麼樣？大家是不是覺得怪怪的？彼此彼此啦！」

這句話的「大家」也頗具威力。

全國觀眾都「嗯嗯」地點頭同意。

他的搭檔華丸先生接著說：「這是在跟大家拉近關係吧！」

我也被這句話逗笑了。

接下來，大吉先生發出絕招：

「我們保證不是故意來傷害觀眾眼睛的啦！希望大家見諒。」

這句自嘲式的玩笑話，在攝影棚裡引發哄堂大笑。

最後他們還拋出了一句結論——

「大家習慣我們之前，就彼此互相忍耐吧！要有遠見喔！」

唔～嗯，好厲害啊……！

此橋段作爲希望融入新環境的招呼語，可說是無懈可擊。

他們冷靜地分析觀眾如何看待新加入的自己，掌握節目氛圍，把觀眾的心聲說出來，外加用自嘲梗搏得歡笑，並拜託觀眾「用溫和的眼光來評論」。

我們站在初次見面的人群之前自我介紹時，這是很棒的參考範例。

身形高大的轉學生：「憑著這副身材，我在前一所學校可是擔任了圖書館小幫手喔！」

表情嚴肅的轉學生：「別誤會，我父母可不是流氓喔！」

身高較矮的轉學生：「我長不高，連帶的考試成績也不高。」

反過來利用旁人眼中自己的形象，來逆向操作自嘲梗，會有意想不到的「笑」果呢！

10 漂浮在溫泉裡的美國人

投宿溫泉旅館時，早晨的露天溫泉是最棒的享受。

本文中的故事，就是在溫泉旅館的晨間露天溫泉發生的奇妙（？）事件。

您是否曾經經歷過以下情景：在露天溫泉裡，一起泡湯的外國人突然把臉埋入泉水中，漂浮在水上一動也不動！

這個故事是我一位經常至各地演講的朋友的親身經驗。

就稱我的朋友爲K先生吧！

某天，K先生到某地演講，投宿當地的溫泉旅館。

早上當然要去泡一下露天溫泉。

那天早上，除了K先生以外，還有幾位老先生，以及一位看似美國人的外國人一起享受露天溫泉。

突然間！

這位美國人把臉埋入泉水中，以臉朝下的姿態漂浮在水面上。

他就這樣在水面上載浮載沉，一動也不動……。

老先生們首先注意到不對勁，「難……難道是心臟麻痺嗎？」眾人一時之間手忙腳亂。

「嗚哇！你、你還好嗎？」

老先生們一邊問，一邊搖晃著美國人的身體。

這位漂浮在水面上的美國人——

被老先生們的碰觸嚇了一跳，嘩啦～猛然地站了起來。

美國人站定後，開口用英文說了：「我在做臉部按摩啦！」

說著說著竟然還咧嘴微笑。

搞了半天，原來他把臉埋入泉水中，做出各式各樣的表情來舒緩臉部肌肉。正當他做得起勁時，突然被不認識的老先生們碰觸身體而嚇了一大跳。

他誤以爲是「喜好男體的老先生」碰觸了自己，所以趕緊慌張地站了起來。

心裡還想著：「我才沒有那方面的興趣呢！」卻又不知道該做何反應，因而咧嘴露出了詭異的微笑。

另一方面，老先生們也聽不懂英文「我在做臉部按摩啦！」是什麼意思。

反正看著外國人沒事的樣子，老先生們紛紛安心微笑地說：「太好啦！太好啦！」

K先生在一旁觀賞事件始末。

K先生不僅聽得懂英文，也曾與外國人交際往來，因此知道外國人把臉埋入泉水裡是爲了舒緩肌肉，也明白日本老先生們被外國人誤解。

雙方都產生重大誤會，卻對彼此咧嘴露出笑容，這個場景實在是太詭異了，讓K先生拚命忍耐，不好意思笑出聲。

一邊是被誤解的外國人，一邊是誤解情況的老先生們，還有一位知悉全況的K先生，每個人都咧嘴笑嘻嘻，構成一幅和平喜樂的日本晨間溫泉景象。

日本俳句：今晨秋日，看著我的腳，泡在溫泉底。（與謝蕪村）❶

眞是歲月靜好啊！

❶日本江戶時代中期的古典俳句詩人。

11 倘若你們對我展現笑容……

我還是國中生的時候，學校裡有一位非常可怕的老師。

在其他老師上課時竊竊私語的學生們，在這位老師的課堂上全都乖巧地不敢講話。

當自習時段全班都鬧哄哄時，在隔壁班授課的這位老師突然從靠走廊的窗戶旁探出了臉，露出魔鬼般的表情、瞪向我們的教室。注意到他的同學們一個接著一個紛紛停止交談，大約經過十秒鐘，全班都像啞巴一樣鴉雀無聲。

這位可怕老師的課堂上，每個人都神經緊繃、保持安靜。

然而，這是好現象嗎？

接下來要分享的故事，是一位在日本京都某間英文補習班教導中小學生的媽媽級老師。就稱她爲U老師吧！

某天，U老師在補習班授課開始之前與學生們閒聊，學生問道：「U老師，國三這個年齡對於沒什麼大不了的事情都能發笑，連看著筷子轉動都能科科地笑，笑點很低喔！」

沒想到……，U老師竟然說：「只看筷子轉動不好笑啦！」順手拿起旁邊的五支筆，在桌子上喀啦喀啦地轉動起來。

看到這一幕的國三學生們全都笑倒在地。

哇塞！這些國中生當眞捧腹大笑耶！這麼簡單就被戳中了笑點，好可愛喔！

心情大好的U老師又轉了兩次筆。

「哎唷，同樣的梗第三次就不好笑啦！老師您別再轉了。」學生們苦笑著說。

U老師一聽，馬上回答：「好，我知道了！」

她竟然乾脆躺在地上咕嚕咕嚕地打滾！

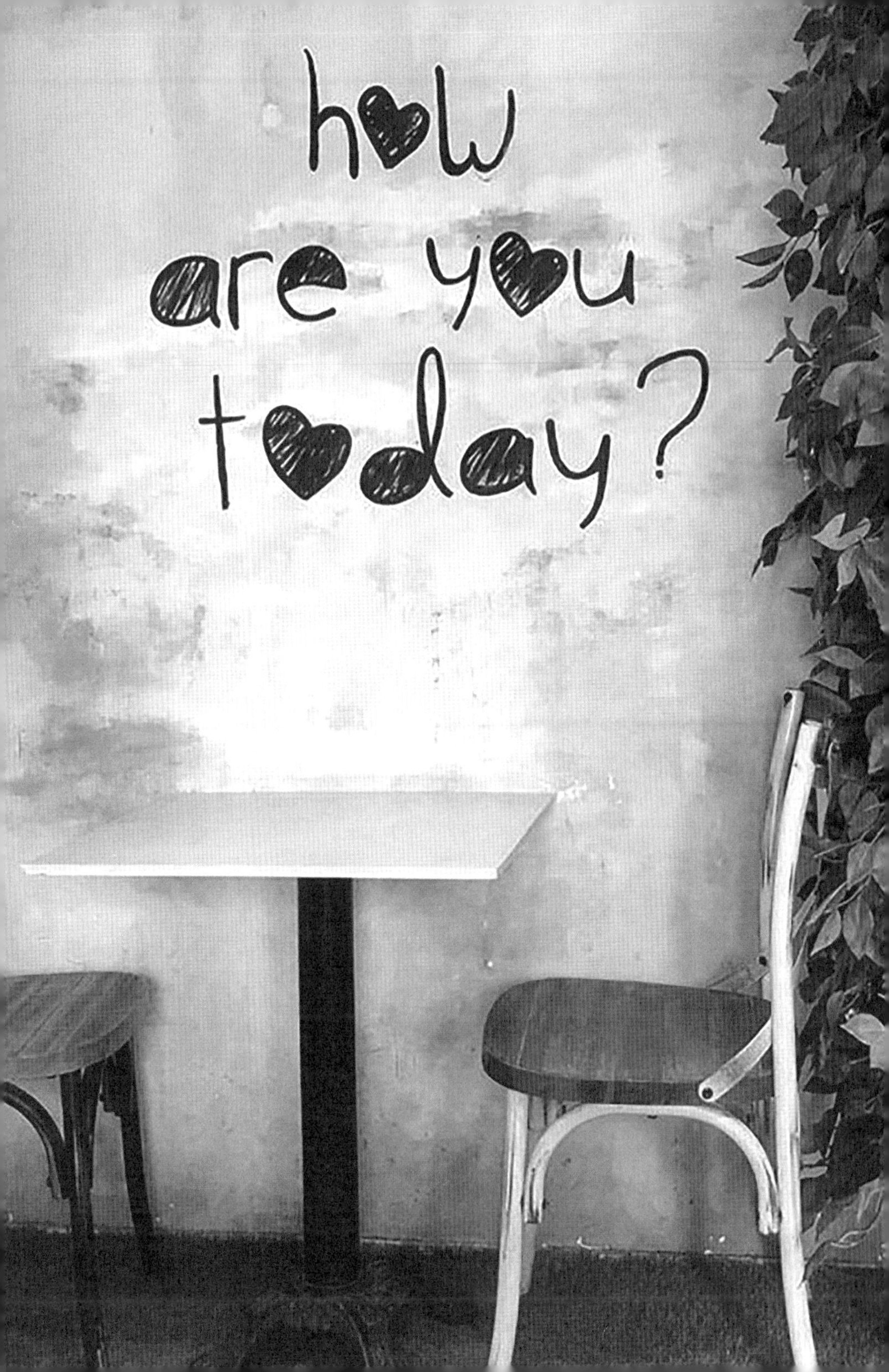
how are you today?

看到老師的脫稿演出，學生們全都激動地拍手大爆笑。

教室裡源源不絕地傳出爽朗的笑聲。

U老師解釋道：「一開始先逗學生們發笑，讓教室裡充滿歡樂舒適的氣氛。把氣氛炒熱之後，學生對開口說英文這件事便會放下心防，不再緊張。教室應該是容許學生犯錯的地方，營造溫馨氣氛，讓學生即使犯錯也不會感到恐懼。」

事實上，U老師在高中時期曾遭受霸凌，一度籠罩在恐懼和焦慮之中，在學校裡完全不敢說話。

巨大的恐懼感讓她的腦袋一片空白，無論是英文或日文，都緊張到無法開口言語。這樣艱辛痛苦的日子長達了好幾年。

U老師不想讓眼前的學生們經歷相同的辛酸……。

因此在課堂上，她從來不曾強迫學生在眾人面前說英文。硬逼著做不到的學生開口，只會帶來學生的滿腹恐懼。這樣的教學方式，無非是

11
倘若你們對我展現笑容……

掌權者以教育之名行暴力之實罷了。

U老師希望，先從讓學生微笑做起。

倘若你們對我展現笑容，我亦心甘情願在地上打滾！

反觀我的國中時期，可怕的老師打造出「鴉雀無聲的教室」，乍看之下似乎很不錯。

然而，學生們因爲懼怕老師，即使產生疑惑也不敢發問。

我的導師私下閒聊時提到，這位可怕的老師似乎曾在辦公室裡向其他老師抱怨：「我希望學生更積極發問。」

喂，營造令人不敢發問氛圍的人不正是你嘛！

假如世界上有時光機，眞想回到過去，把U老師的教學理念全塞進那位可怕老師的嘴裡。

恐怖統治最終只是邪魔歪道。

以國民爲優先，才是美好的康莊正途。

12 受災地的鶴瓶大師

日本知名搞笑藝人、也是落語家❶的笑福亭鶴瓶和明石家秋刀魚，他們在年輕的時候，某天剛好有機會一起搭乘新幹線，從大阪出發前往東京。

粉絲們不知道從哪裡獲得消息，大阪站的月台上聚集了大批人潮。這兩位明星面對粉絲時都展現平易近人的風度。

某位粉絲送給笑福亭鶴瓶一顆飯糰。等待列車出發的空檔，笑福亭鶴瓶拿著飯糰吃得津津有味。

明石家秋刀魚看見這一幕，在新幹線上對笑福亭鶴瓶說：「我不敢吃粉絲送的東西。」

笑福亭鶴瓶回答：「**粉絲送的食物確實有可能被摻入奇怪的東西**，

我也會怕。不過呢，我不是因爲相信粉絲而吃的，是爲了讓粉絲開心，才站在他們看得見的地方吃。」

笑福亭鶴瓶解釋後，便在新幹線啓動時迅速地把飯糰吃完。明石家秋刀魚又問：「那麼下次就不吃了嗎？」笑福亭鶴瓶笑著回答：

「在粉絲看不見的地方就不吃了。其實我現在肚子並不餓。」

哇塞！即使心裡害怕、肚子也不餓，但爲了讓粉絲開心就當場把飯糰吃掉……，不愧是極度重視粉絲的笑福亭鶴瓶作風。

❶落語，是日本的一種傳統表演藝術；落語家，最早是指說笑話的人。經過演變，現在的落語由說故事的人（落語家）坐在舞台上，描繪漫長和複雜的滑稽故事。（資料來源：維基百科）

接下來，則是笑福亭鶴瓶經歷一九九五年「阪神・淡路大地震」時的故事。

笑福亭鶴瓶即使住家半毀，自己亦是受災戶之一，仍然每天前往避難所詢問災民還缺少哪些物資，並且主動提供毛巾和尿布等用品。

他連續造訪避難所十天之後，避難所的其中一人出聲向他喊話：

「鶴瓶大師，我們已經不需要物資了，能不能來一段笑話？」

做爲避難所的體育館裡，有許多身受重傷還臥床不起的人。

甚至鄰近的武道場還充當爲安置遺體的場地。

這種情況下，該說什麼笑話才好呢？

話說回來，這是適合說笑的場合嗎？

笑福亭鶴瓶遲疑不決時，災民當中一位傷勢最嚴重、看起來痛苦萬分的人，向他鼓勵道：

「大家都很期待您的表演，請您讓我們大笑一場吧！」

這句話彷彿讓笑福亭鶴瓶吃下了定心丸。

他利用地震發生時的親身體驗，開始即興演出。

孩子們最先笑出聲，看著孩子大笑的大人們也紛紛展露笑容。

漸漸地……，

做為避難所的體育館迴盪著源源不絕的笑聲。

笑福亭鶴瓶表演完畢後，當地的不良少年們滿懷感激之心，主動高舉雙手搭建一道人龍拱門歡送他離場。

當笑福亭鶴瓶穿過高喊著「謝謝您！」的人龍拱門時，再次堅定確信：「轉瞬間將現實情況信手捻來的說道，就是落語的眞諦吧！」

與此同時，他更在心中起誓：「從今往後，要把所見、所感的一切，都轉化爲自己的言語來傳誦。」

這件事，成爲了笑福亭鶴瓶爲何極度重視電視節目《無劇本說笑》的緣由。

他不遺餘力地向周遭傳達萬分珍惜粉絲的心意，我想，這就是無論他不管怎麼胡鬧，依舊深受觀眾喜愛的原因。

＊本文參考《笑福亭鶴瓶論》
戶部田誠著，二〇一七年，日本新潮社

13 勘太的雨傘

我的一位女性朋友是非常活躍的自由工作者，以下是她的親身經歷。

某天傍晚突然下起雨，她沒帶傘出門，決定從車站一口氣跑回家。

離開車站後，當她卯足全力快速奔跑時，走在前面的一位小哥突然轉身對她說：「傘給你吧！」

「咦？怎麼好意思。」

「沒關係！我家很近，其實我早就想這麼做看看了！」

「咦——這怎麼好意思呢！謝謝你……」

她的話還沒說完，這位小哥立刻把傘塞進她的手裡，一溜煙跑走了。

轉眼之間，拒絕的話尚未說出口，就莫名其妙地接收別人的傘。

小哥剛開口說話時，她心裡一度懷疑：「難道他企圖藉由共撐一把傘來搭訕我？」但其實對方只是個親切的人。

雖然只是一把塑膠雨傘，還斷掉了一根骨架（笑），她卻覺得全身上下都被溫馨感人的氣氛給包圍了。事後，她不禁想著：「好像曾經在哪兒見過這幅景象……。」

原來，是宮崎駿導演的動畫電影《龍貓》裡的其中一幕。

主角皐月和小梅是一對姐妹，某天放學後，她們沒帶傘而站在地藏小廟前躲雨時，偶然路過的同學勘太「嗯！」地一聲遞出了雨傘，然後一言不發地跑開。

這位女性友人的經歷，豈不是跟動畫的知名場景一模一樣嘛！

送傘的這位小哥，說不定是小時候看了《龍貓》的這一幕，心裡一直想著：「總有一天要試試看！」

動畫電影裡，勘太把傘交給皐月之後，在大雨中一臉開心地奔跑。這位不知名的小哥，肯定也是帶著相同的表情離去吧！

還有一則故事，是另一位女性友人與女兒於某個聖誕夜的經歷。

場景也是從車站返家的途中。母女倆一同出遠門後返家，一路帶著碩大的行李箱，抵達車站時早已疲憊不堪。

車站前一台計程車都沒有，兩人無奈之下，只好艱難地踩著積雪、拖著行李箱走回家。

即使如此，母女倆仍打起精神，反覆唱著瑪麗亞·凱莉（Mariah Carey）聖誕名曲的副歌，一邊看著天上星星、一邊漫步。

好不容易走到半途，看見一台計程車駛了過來，但兩人心裡想著：「反正都走到這裡，也快到家了！」便沒有攔下計程車。

計程車經過兩人身邊之後，突然在前方來了個大迴轉，又筆直地開回來。

駕駛座的窗戶降下，司機探出頭向兩人喊話：

「你們要不要搭車？這樣子走路太可憐啦，不收費喔！」

司機的親切態度讓母女倆既感激又感動。

抵達家門口後，媽媽向司機說：「實在太感謝您了！祝您聖誕快樂！」司機也笑容滿面地回答：「謝謝你們！」便開車離去。

這位司機宛如聖誕老人，在母女倆疲憊不堪時，送上最適切的聖誕禮物。司機的臉上一定也帶著像勘太一樣的笑容離開吧！

您的心中是否也有一把「勘太的雨傘」呢？

假如恰巧遇到有困難的人，請您毫不猶豫地遞出這把「勘太的雨傘」吧！

這樣的舉動或許能爲您帶來燦爛的笑容唷！

彷彿綜合咖啡的

「搏君一笑的輕鬆小品」

14 頂著紅色臉盆的男子

您知道「頂著紅色臉盆的男子」這則笑話嗎？
這是日本名編劇三谷幸喜的劇本裡、常見的「沒有下文」的笑話。
在《古畑任三郎》《奇蹟餐廳》等電視劇都曾出現過。
「頂著紅色臉盆的男子」大致是這樣的——

某個天氣晴朗的日子。
一位頭上頂著紅色臉盆的男子，從馬路另一端緩緩走來。
臉盆裡裝滿了水。
男子小心翼翼地走著，以免讓水濺出來。
當男子被問起：「爲什麼要頂著臉盆走路呢？」他回答：……。

每當劇情進展到這一步時，老是被打岔，觀眾永遠不知道劇中人物爲何要這麼做。

由於觀眾一直搞不清楚笑話的最終發展到底是什麼，反而凸顯出「整個場景都很可笑」的高明之處。

甚至在同一齣戲劇當中、安排某個角色講述這個笑話時，結尾之處還都結結巴巴、語焉不詳，在其他人追問之下才滿臉通紅地說：「我、我忘記了……。」

那麼，

接下來進入正題囉！

一則笑話的結尾，必須具備「邏輯思維」「轉換思考模式」以及「腦筋急轉彎」。

既然如此……，請您試著想想「沒有下文的笑話」該如何完結呢？

當作是休閒時刻的「頭腦伸展操」吧！

首先，讓我試想一下這個笑話該如何收尾的一些情境。

某個天氣晴朗的日子。

一位頭上頂著紅色臉盆的男子，從馬路另一端緩緩走來。

臉盆裡裝滿了水。

男子小心翼翼地走著，以免讓水濺出來。

當男子被問起：「爲什麼要頂著臉盆走路呢？」他回答：

結尾一

「你說什麼紅色臉盆？這個顏色明明就是鮭魚粉！」

結尾二

「那你又爲什麼要在頭上頂著洗腳桶呢？」

結尾三

「因爲我喜歡的黃色臉盆昨天晚上壞掉了……。」

結尾四

「啊！原來在頭頂上啊！以爲弄丟了，害我找了好久！」

結尾五

「你竟然看得見這個臉盆……。」

您覺得如何呢？

趁著短暫的休閒時刻，稍微運動一下頭腦吧！

請您務必試試看喔！

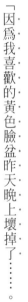

15 咖啡廳的笑話

有四位客人走進咖啡廳，每個人都點了咖啡。

其中一人還特地向店員強調：「喂！你！杯子要洗乾淨嘿！」

過了一會兒，店員端上咖啡，對著四個人掃視一圈後，詢問：

「呃——請問是哪位客人需要洗過的杯子？」

我超喜歡這個笑話。

神經質又囉嗦的客人，對比溫吞店員的回應眞是太妙了！

初次聽到這個笑話時，我心想：「日本的咖啡廳絕對不會發生這種事，國外的話倒是有可能成眞。」

不過，我最近在家庭式餐廳發現，飲料區的咖啡杯內緣經常殘留咖啡垢（應該是吧？），不禁覺得這個笑話或許也會在日本發生……。

話說回來，咖啡廳和餐廳都是在笑話裡很好發揮的場景。

那麼，以這個咖啡廳笑話爲基底，我再添加一些個人喜歡的元素吧！

笑話一

「喂！你這杯咖啡怎麼油膩膩的？」

「很抱歉，新來的傢伙不小心用高湯取代清水來稀釋咖啡啦。」

笑話二

在鄉下的某間餐廳裡。

「喂！你們聽到可別太驚訝。之前我在這間店裡向女服務生說：『牛奶太少了！』沒想到她竟然解開上衣，直接從胸部擠奶加進咖啡裡。」

「幸好你沒向男服務生說：『啤酒不夠……』」

笑話三

某間咖啡廳張貼告示——

「致喝完咖啡後將煙灰抖落到咖啡杯裡的客人們：很抱歉之前沒有顧慮到您的不便，往後於本店消費請先告知，我們將用菸灰缸盛裝您的咖啡。」

笑話四

美國某間咖啡廳，客人享用完義大利麵之後詢問店員：「之前在廚房工作的金髮員工是不是不做了？」

「沒錯，他上週離職了。您眞是敏銳，是否嘗出了義大利麵的味道不一樣？」

「不是，因爲我發現今天混進麵裡的是黑色頭髮。」

笑話五

咖啡廳的某位客人，竟然往杯子裡猛加二十匙砂糖，再一臉津津有味地品嘗。

服務生看見這一幕忍不住發問：「爲什麼您不攪拌一下呢？」

客人放下杯子回答：「爲什麼一定要特意攪拌呢？我就不喜歡喝甜的咖啡啊！」

非常感謝您的捧場！

＊本文參考1《逗外國人發笑！（第三版）》（《外国人を笑わせろ！第3版》）

宮原盛也著，二〇一六年，日本 Data House 出版

2《逗掌門人發笑》（《家元を笑わせろ》）

立川談志著，一九九九年，日本 DHC 出版

16 來自魔術師的聖誕卡

一位在學校擔任老師的朋友與我分享了這個故事。

他的班級爲了準備「校內百人短歌❶搶答大賽」，已經連續好幾天在國文課練習搶答詩牌。

某位學生對於一直重複同樣的練習感到厭煩不已。

他向老師提議：「老師，偶爾也玩一下那個遊戲嘛！呃——那叫啥來著……？」

❶短歌是和歌的一種形式，是五·七·五·七·七的五句體歌體。

這位學生覺得以前玩過的「抽選和尚圖片的短歌牌❷」很有趣，想趁機再玩一次，卻一時忘記遊戲名稱。

他努力回想一陣子之後，靈光乍現地大喊：

「呃——啊，想起來了！就叫『找出禿頭的牌子』！」

哈哈哈！這兩個名稱確實很相似啦……。

最近我也常想不起來某些既有名詞，所以對於這位學生的反應心有戚戚焉。

我非常不擅長記住其他人的長相和名字，這實在不是一件能夠拿出來說嘴的事。

假如某位很眼熟的路人向我打招呼：「唷，好久不見！」我就會像驚悚電影大師希區考克的片中主角一樣，提心吊膽、緊張兮兮。

那麼，來談談關於「記憶力」的話題吧！

美國有一位魔術師，以超強絕倫的記憶力聞名。

凡是認識這位魔術師的人，年底都會收到他寄送的附有個別化祝福的聖誕卡片。

令人驚訝的是寫在卡片裡的內容。

卡片上寫著雙方見面時的對話、收信人的家族成員名字，甚至連見面時的場景細節都正確無誤。

每位收到聖誕卡的人都非常感激：「明明只跟他進行過一段短暫交談，他竟然還記得對話內容！」每當聖誕季節來臨，這位魔術師的名聲又會更上一層樓。

---

❷歌牌從江戶時代中期開始盛行。過去為日本宮廷遊戲，近期才演變成競技項目。歌牌由各一百張「詠唱牌」和「奪取牌」組成，共兩百張，詠唱牌上印有歌人肖像、作者及和歌，奪取牌上則印有以日文平假名書寫的和歌後半部。遊戲規則很簡單：參與者在聽到讀手讀出詠唱牌上所寫的短歌後，需要迅速地找出印有相應短歌之下句的取搶奪牌，速度快、找出搶奪牌多者為勝。由於比賽激烈，故競技歌牌又稱為「榻榻米上的格鬥技」。（出處：維基百科）

不過呢……，他可是魔術師啊！這般超強記憶力的背後，其實另有內幕。

您應該已經猜出他的秘訣了吧！

沒錯，這位魔術師與人見面當天就趕緊寫下聖誕卡，等到年底時再統一寄送。說破之後，眞是再簡單不過的把戲了。

然而，若心中存著「聖誕卡就是要在聖誕節書寫」的成見，便很難看穿這個手法的眞相。

高竿業務員也經常使用這種方法。

告別商場客戶之後，立刻把當天對話和獲得的資訊記錄下來。

下次拜訪客戶時，先複習之前的紀錄再與客戶見面。

與客戶閒聊時，便可提起：「這麼說來，後天就是令公子小隆的生日耶！」若再準備一點簡單禮物，更能使客戶心花怒放。

實際上，我認識的創業家與他人對話之後，也會立刻把內容記錄在手機裡。下次聚會之前，先看過手機裡的紀錄再出面寒暄。

這個快速又順手的簡單動作，令客戶驚訝：「你竟然還記得！」而開心不已，效果出奇地好。

假使許久不見的人對你說出：「三年前您送我的點心眞好吃！」一定會帶給你滿滿的驚喜。

不擅長記住他人長相和名字的我，也曾考慮採用「立刻記錄」之法。問題是，我實在想不起來到底把對話紀錄塞到哪裡去了啊……。

＊本文參考《我知道你在想什麼》托爾斯登．哈芬納（Thorsten Havener）著，二〇一三年，平安文化

17 蛭子能收的道歉記者會

提起蛭子能收……，與其說他是漫畫家，不如說他是一位擁有獨特品味並活躍於幕前的日本藝人，會來得更加貼切。

我曾經在某地舉辦的「蛭子能收個展」中，與他有過一面之緣。

我拿著蛭子能收的著作請他本人簽名，只見他露出和電視上相同的靦腆害羞表情，用非～常小聲的語調說：

「如果不嫌棄我的簽名，要簽多少都可以喔！」

他不僅幫我在書上簽名，還特地在旁邊畫了「一臉滿頭大汗的男人」（看不出來那是他原創的圖案，還是在模擬我的似顏繪）。

在這一段短暫接觸的過程中，我對蛭子能收身上那股說不出的溫吞敦厚氣質產生好感。

17
蛭子能收的道歉記者會

不過呢！

即使前面稱讚了一大篇（笑），蛭子能收卻曾經因爲參與賭博麻將，而遭到了逮捕。

原本他和女兒約好要一起吃飯，約定時間之前還有空檔，便前往麻將館，打算「趁機打個麻將吧！」結果倒楣地遇到警察取締而被逮捕。

再也沒有比這個更不巧的事了，頗有蛭子能收的風格。

稍後被釋放的蛭子能收爲此召開道歉記者會時，又發生了一件好笑的事。

他在道歉記者會上宣布：「以後再也不參與賭博了！」緊接著又說出令人挑眉的話。

他到底說了什麼？

蛭子能收竟然在因賭博麻將被逮捕的道歉記者會上，如此發言：

「以後再也不參與賭博了！只會賭一把而已。」

哈哈哈！

眞是敗給他了！

順帶一提，日本昭和時期的大明星演員勝新太郎，也在抱病召開記者會時宣布：「我被醫生勒令禁菸。我以後再也不抽菸了！」才剛說完，便大喇喇地猛抽了一口菸。

記者吐槽他：「勝先生，您不是要戒菸嗎？」他一邊回答：「嗯，我要戒菸。」然後一邊從嘴裡吐出一大團菸霧，實在是一位不簡單的狠角色（？）啊！

勝新太郎應該是想逗觀眾發笑吧！

反觀蛭子能收，雖然他是一位徹底的天然呆……嗯，既然他本人都這麼說了，應該也是想搏君一笑吧。

「以後再也不參與賭博了！只會賭一把而已。」據他本人表示，其實心裡盤算著：「觀眾應該會買單吧！」才這麼說的。

總之，雖然此話引起眾人的挑眉質疑，卻也顯示出他難得一見的性格。

這樣的蛭子能收，在演藝圈素有「天然呆老頭（老頭？）特質」之稱。他把擁有將棋最高九段功力的加藤一二三視爲競爭對手、卻不斷輸給他，眼看著敗北紀錄越來越多，竟還焦慮地哀嚎：「我輸慘啦！」

即使身處演藝圈，也要死守自己的特質。

眞辛苦吶！

＊本文參考《被嘲笑的勇氣》（《笑われる勇気》）
蛭子能收著，二〇一七年，光文社

18 松本零士的神奇（？）體驗

在日本有「短篇故事高手」之稱的科幻作家：星新一，有一篇名爲〈聲之網〉的作品。

這篇故事發表於一九七〇年，已經是半個世紀之前的作品了。

在故事中描述的近未來裡，電話不僅僅是單純的通訊方式，也確立了它是提供各種資訊之媒介的地位。

舉例來說，故事裡的世界，電話提供了「只要輸入欲購買商品的條件，就會顯示符合需求的商品」與「提醒今天是哪位朋友的生日」等等各種服務。

沒錯，正如您所想，這就是現今的網路社會。

科幻作家的想像力偶爾會展現如預言一般的能力，描述著未來社會

18
松本零士的神奇（?）體驗

的模樣。

不只小說，漫畫亦如此。

漫畫另有「繪畫」加持，能夠更具體詳細描繪未來的景象。

就拿在日本以《銀河鐵道九九九》和《宇宙戰艦大和號》等科幻漫畫著名的松本零士爲例。

在他的作品裡，頗具特徵的未來都市屢見不鮮。

聳入雲霄的超高樓層建物群。

像隧道一般的筒狀道路蜿蜒盤繞……。

我小時候看到松本零士漫畫裡的場景時，心中便堅信：等我長大成人之後，這樣的景象一定會實現。

雖說筒狀道路尚未實現，不過看著現今東京的高層建物群，不禁暗自斷言，距離實現之日應該不遠了。

松本零士自己也相信「未來會出現這樣的景象」，才如此作畫。

當松本零士從九州來到東京，初次見到市中心的高層建物群時，對於眼前的景象酷似自己想像中的未來都市而驚訝不已，感動地說：

「啊！未來都市被我正確無誤地描繪出來了！」

話說回來……。

數年前，松本零士和實際參與建設市中心高層建物群的其中一位設計師見面，這位設計師告訴他：

「我小學時看了您的漫畫，非常憧憬畫中的景象，因而打造出這些高樓大廈。」

原來如此。

並非松本零士的想像力正確描繪出未來的景象，反而是他想像出的景象，成爲未來都市的模型！

沒想到，這竟然是過去與未來的逆轉現象。

這麼說來，我想到了某間製造公司的社長曾說：「我們從《多拉A夢》獲得開發新商品的靈感。」

《多拉A夢》裡出現的未來道具，全都是大多數人心目中「想要的東西」。

用來作爲熱銷商品的靈感來源眞是再適合不過了！

雖然，我不認爲星新一的〈聲之網〉是網際網路的發明靈感。

然而，許多被稱爲「正確預言未來社會而驚世駭俗」的科幻小說和經典漫畫，其實都像松本零士的未來都市那般，並非是這些書籍預言了未來，反倒是它們成爲創建「未來」之人的靈感來源。

19 被迫捐款的漫畫家

這是曾在報紙上連載《富士三太郎》❶等作品的日本知名漫畫家佐藤幸一❷的故事。

某天，佐藤先生接到一通來自某個團體的電話。

「我經常看您的漫畫，是您的書迷。」

「這樣啊！您好。」

聽到對方自稱書迷，佐藤先生便不疑有他。

然而，短暫交談之後，對方竟然說：「坦白說，希望您務必捐款給我們的團體。」

「唔~嗯。」

開心交談一陣子之後，當時的氣氛實在難以拒絕對方的要求，讓佐藤先生猶豫不決。

其實這個團體參與一些極端運動，佐藤先生並不認同其部分做法。

那麼，請讀者們來場腦筋急轉彎。

爲了拒絕不認同的團體所提出的捐款要求，佐藤先生靈機一動說了某句話，成功地從危急情況中全身而退。請問，他到底說了什麼？

請您設想自己是佐藤先生，來動動腦吧！

思考時間開始！

……。

……。

……。

❶即《フジ三太郎》，暫譯。

❷即為サトウサンペイ，佐藤幸一為其本名。

時間到，請作答。

爲了拒絕捐款要求，佐藤先生靈機一動說了某句話。

這句話是……？

「我知道了，我會匿名捐款。」

佐藤先生這麼說：「那個……捐款這種事，不爲人知、暗中進行才是一種美德嘛……。」

電話另一端：「呃，是喔。」

「你們如果收到匿名捐款，那就是我捐的。全都是我喔！」

對方聽到這句話，只能——

「呃……」無言以對，然後立刻掛斷電話。

哈哈哈！

來人啊，佐藤先生得一分！

腦筋動得眞快。

不愧是以幽默聞名的漫畫家。

面對無理的要求，在難以拒絕的氛圍下，反以幽默回擊。

動畫《一休和尚》也經常採用這種手法。

假如不留情面地一口回絕，勢必惹毛對方；若用幽默感包裝婉拒話術，便能避免衝突。

日本搞笑藝人高田純次曾經婉拒「接下來一起去喝一杯吧」的邀約，他是這麼回答的：「不好意思，攝影棚外有位可愛的小甜心在等我耶！趕緊回家囉！」

被如此拒絕，也只能一笑帶過。

臨時受邀卻不想去，當場是很難想出適切回應的；所以，請您平時先準備好適合自己的幽默婉拒法吧！

20 高田純次實在太強啦！

前一話的最後，介紹了高田純次使出頗具個人風格的笑話來婉拒邀約，其實我正是高田純次的大粉絲。

我心目中「理想老頭」的第一名，就是高田純次。

呃，雖然我沒辦法像高田純次那樣猛講葷段子，不過我希望像他一樣不斷爲周遭人們帶來歡笑。

我所崇拜的高田純次，曾主持一檔日本朝日電視台的電視節目《純散步》，節目中藉由漫步在某個地區時，與一般民眾深度交流。

該檔節目於平日早晨播出，我則是每天都會錄影觀看。

我之所以錄下每集節目，是爲了細細品嘗「高田純次與一般人交流時如何說笑」，一發現適切的橋段，便納爲己用。

每當我發現喜歡的對話，就會立刻做筆記。

請容我介紹數則高田純次VS一般民眾，在對話之中那神來一筆的笑點吧！

- 在餐廳裡，向五、六名正在用餐的家庭主婦說：

「您好、您好、您好！大家今天又在說誰的壞話呢？」

- 向帶著年幼孫子的老爺爺說：

「可愛極了！這麼可愛的身影看進眼裡，眼睛都變明亮了呢！」

- 品嘗古早味的食物時：

「眞懷念啊！讓我不禁想起還在媽媽懷胎裡的歲月。」

•向穿著破洞牛仔褲的女子說：
「瞧，你的膝蓋都磨破了，你還好嗎？」
•向配戴圓框眼鏡的女子說：
「眼鏡這麼圓，看東西方便嗎？」
•走進港口邊的某間定食餐廳：
「來到這裡一定要品嘗最新鮮的魚，請給我一份綜合酥炸定食！」
•詢問街上行人：
「今天您來自哪顆星星？」
•原本以爲對方是店員，後來發現其實是店長：
「什麼！你是店長？幹嘛不早一點承認，我就會換另一種語氣跟你說話啦！」

•被老婆婆稱讚「型男」時：

「是喔？其實這是我唯一的缺點欸！」

•被同一位老婆婆稱讚「眞是個好男人～」時：

「對啊！連我自己都很驚訝，早上照鏡子還會『哇喔！』一聲，被自己帥到咧！」

•向身材胖碩的人說：

「眞是傲視群雄的體型啊！」

•向種植番茄的農家說：

「我超喜歡番茄！一年至少要吃一、兩次呢！」

能夠這樣即興脫口說笑，實在太神啦！

我以後也要繼續努力做筆記！

21「要穿女裝嗎？」

日本人幾乎每天都在電視上看到他：貴婦松子（マツコ・デラックス）。

雖然日本觀眾已經習慣他的形象，不過還是要特別說明，貴婦松子可是名符其實的男人。也就是說，他是個慣穿女裝的中年男子。

現今，在日本到底有多少人喜歡穿女裝呢？

那麼！

來談談我搭乘山手線的親身經歷吧！

某天，我一隻手握著車廂裡的吊環，另一隻手捧著一本書閱讀。

那是平日下午，車廂內大約坐了七成乘客。

坐在我面前、一位年約五十歲男子的手機突然響了起來。

男子按下接聽鍵，開始聊天。

雖然他的音量不大，不過站在他面前的我，依舊把整段對話都聽了個清楚（即使如此，我仍然聽不見電話另一端的聲音啦）。

聽起來，這位男子當天晚上打算出席某項聚會，因爲那通電話就是即將參加聚會的友人打來的。

我心不在焉地聽著他們交談。

突然間，這位男子竟然說出令人震驚不已的話！

「別擔心，我會穿女裝啦！」

「啥米!?」我反射性地看向男子的臉。

以演員來比喻的話，他給人的感覺就像電視劇《冷暖人間》（渡る世間は鬼ばかり）裡沒刮鬍子的中華料理店老闆角野卓造。

SUMMER
SAVAGE
COFFEE
23
13
AUGUST

彷彿能聽見他說：「嘿——唷，餃子來囉！」

這樣隨處可見的中年歐吉桑，竟然要穿女裝？

再仔細一瞧，他確實戴著一條紅色圍巾，還身穿鮮艷華麗的衣服。

「嗯，不好好穿女裝可是不行的啊！」

看樣子，穿女裝似乎是今晚聚會的規定。

我的腦海裡不禁浮現貴婦松子和敏司．曼哥夫（ミッツ・マングローブ，日本女裝藝人）盛裝打扮，出席西式酒會的模樣。

到……到底是什麼樣的聚會啊？

我的疑問馬上獲得解答。

「嗯，我一到家就立刻動手，你先把除草劑準備好。」

21
「要穿女裝嗎？」

原來如此。

他說的不是「女裝」，而是「除草」❶。

這麼說來，日文中的「女裝」和「除草」，雖然發音相同，意思卻相差十萬八千里。

我的朋友曾聽人說：「豬木（Inoki）的主持功力很強喔！」他心想：「是喔？摔跤選手安東尼奧豬木竟然也擅長主持啊！」但對方說的並非「豬木」，而是「井之原快彥」（Inochi）。

同音異義的誤會。

電車裡的無聊時刻，偶爾也帶來令人驚奇的消遣。

---

❶女裝和除草的日文發音相同，皆為「joso」。

22 未來有什麼夢想？

未來有什麼夢想？

這個題目簡直是小時候寫作文必考題中的必考題。

我記得小時候，大多數男生想要成爲「運動員」或「學者」，女生則是「開蛋糕店」或「當護士」。

最近根據時代變遷，「軟體工程師」、「部落客」更受青睞。

不過呢，這個世界變化速度實在太迅速，我擔心現今的孩子長大後，搞不好「軟體工程師」和「部落客」等等職業已經不存在了。

話說回來，在鈴木一朗還是小學生時，他寫的作文「我的夢想」，

22
未來有什麼夢想？

就立志「成爲一流的職業棒球員」，造就了一段知名佳話。

然而，世界上像鈴木一朗那麼狂……，呃、不對，應該說意志如此堅定的孩子並不多見。

有些孩子一派天眞爛漫，懷抱不切實際的夢想。

舉例來說，我曾聽過令人莞爾的「孩子們的未來夢想」，包括：

「將來的夢想是成爲皮卡丘！」

他的意思不是飼養皮卡丘，而是自己成爲皮卡丘，實在太猛啦！

跟以往孩子宣稱「想要成爲假面騎士」的異想天開差不多。

我也有朋友宣稱他的未來夢想是成爲「怪獸」。

「將來的夢想是成爲冰箱！」

成爲冰箱！你是認眞的嗎？是因爲成爲冰箱之後，肚子就能永遠裝滿食物、隨時吃飽飽嗎？

「將來的夢想是成爲咖哩！」

喂，不是問你喜歡吃什麼食物欸……。將來你眞的想變成咖哩、被人吃掉嗎？

最近，認識的友人告訴我，「孩子的幼稚園朋友」宣稱未來的夢想是成爲「透明膠帶」。

「將來想成爲透明膠帶！」乍聽之下，不禁覺得，你到底在胡說什麼……。沒想到，進一步追問他爲什麼會有此夢想之後，竟然令人肅然起敬。

這位幼稚園男孩將來想成爲透明膠帶的原因是——

「成爲透明膠帶，就能將許多人聯繫在一起。」

22
未來有什麼夢想？

哇！這個理由眞是太帥氣啦！

不久之前，我興起了一個念頭：「假如這個人認識那個人，說不定會引發有趣的化學反應。」於是開始牽線介紹不同的人相互認識。

想不到，僅就讀幼稚園的孩童，竟然宣稱：「想要成爲將人與人聯繫在一起的透明膠帶！」

這位該不會是天才兒童吧？

「我想成爲將人與人緊密結合的透明膠帶！」這句話聽起來簡直是世界偉人等級的至理名言，這位幼稚園孩童的未來實在不可限量。

請問您小時候的未來夢想是什麼呢？

咦？成爲平凡的大人？

在此恭喜您夢想成眞！

23 小心4月1日！

二〇一七年四月一日，我在自己的臉書寫下了這段文字：

號外！出版社剛剛通知我！

吉卜力工作室拍板決定將我的著作《「讀完就能大賣」之神奇故事》製作成長篇動畫，未來將在電影院播放！動畫主角明日香由女演員有村架純獻聲配音！預計明年夏天上映！

今天眞是值得紀念的一天。

唔——嗯，今天是二〇一七年的……四月一日……。

小心4月1日！

我以爲故意寫出由吉卜力工作室製作動畫，甚至連配音員都故意挑選超人氣明星有村架純，一定能一眼看穿這是騙人的話。

爲了保險起見，以免有人信以爲眞，最後我還特地註明了日期是「四月一日」。

最早留言的幾位親友注意到這是愚人節玩笑，也很配合地回覆：「我也收到配音邀約喔！」「我已經買好預售票了！」

沒想到……，「恭喜！」及「這是大新聞啊！」等諸如此類分不清是配合玩笑、或是信以爲眞的留言不斷增加，讓我忍不住擔心了起來：「咦？該不會當眞吧？」

最後竟然有人把這則發文轉貼到自己的臉書，逼得我趕緊出面澄清：「這是愚人節玩笑啦～」

我有一位來自沖繩的朋友，我們在四月一日一起去賞花，其他友人問起：「欸，沖繩人眞的會吃蟬嗎？」

他雖然在心裡回答：「當然不會啊！」但轉念一想，當天適逢愚人節，便跟著起鬨胡謅笑鬧一通。

「會啊！小時候經常抓蟬來吃。過生日時，都能第一個享用裝飾在蛋糕上的蟬喔！」

「好懷念喔！不知道蟬養殖場是否還在？」

「我認爲帶點苦味才好吃！」

「台灣蟬比較大隻，內餡超飽滿唷！」

哈哈哈！

眞會掰，也只有在這種時間場合才能天花亂墜。

事實上，沖繩島的部分居民確實把蟬當成食物之一，不過當時的我並不知道。

在愚人節提問美食話題的友人實在太壞啦！（笑）

話說回來，有鑑於我的臉書當年引發了一陣騷動，隔年，我又寫下了這段話：

小心4月1日！

去年的今天、四月一日，我在此處宣布我的著作《「讀完就能大賣」之神奇故事》由吉卜力工作室製作動畫。隨後，好萊塢取得電影播放版權，改爲眞人演出。主角明日香由艾瑪．華森（Emma Watson）、王牌銷售員川淵則由強尼．戴普（Johnny Depp）擔綱主演。

我胡扯到這種地步，果然每個人讀完都明白是愚人節玩笑了。實乃可喜可賀！

愚人節若不在社群媒體開個玩笑，也未免太孤僻了，明年我會再接再厲的。

屆時，拜託請您千萬別當眞而告知家人，更不要在社群媒體轉發分享喔！

24 採訪貓咪

還記得第一篇介紹了搞笑漫畫天才赤塚不二夫嗎？

赤塚不二夫有一部早期作品《猛烈阿太郎》❶。

我特別喜歡其中一隻會說人話的貓咪「喵羅梅」（ニャロメ）。

每當牠看見可愛的人類女孩，就會說：「跟我結婚吧！喵羅梅！」

如今回想起來，眞是個不簡單的角色。

《猛烈阿太郎》的主角雖然名列在漫畫標題，就是一肩挑起經營蔬菜水果店重責大任的少年阿太郎，但是他受歡迎的程度卻遠不及喵羅梅的高人氣。

《猛烈阿太郎》曾出現一幕場景，阿太郎拿著香蕉對喵羅梅說：

「只要說出『香蕉』，就請你吃。」

24
採訪貓咪

「喵蕉。」
「不是喵蕉，是香蕉啦！」
「喵蕉！」
「香蕉啦！」
「喵蕉！」

畢竟喵羅梅是一隻貓，所以總把「香蕉」說成「喵蕉」（呃，一般的貓咪是連「喵蕉」都不會說吧……）。

話雖如此，能想出「叫貓咪說出香蕉一詞」的場景就很厲害了，甚至還設定這隻貓咪只會說「喵蕉」……。

赤塚不二夫實在太強啦！

我等凡人絕對無法想出這麼有趣的情節。

❶《もーれつア太郎》無官方中文翻譯，大陸的動畫翻譯為《隔離左右有隻鬼》。

從前我曾到涉谷參觀一場全都是超現實主義作品的美術展覽會，觀賞……嗯，應該說聆聽一件「只有聲音」的藝術作品。

作者是比利時藝術家馬賽爾·布達埃爾（Marcel Broodthaers）。

作品標題爲「採訪貓咪」。

由於作品只有聲音，展覽會在小房間裡架設音響，以便觀眾聆聽。

作品內容爲「男子以現代藝術爲主題來採訪貓咪」。

根據解說，採訪對話大意如下：

男子：「請問您是否斷言這是一幅優秀繪畫呢？」

貓咪：「喵～嗚。」

男子：「您眞的這麼認爲嗎？」

貓咪：「喵～～嗚。」

男子與貓咪的對話持續了四分五十五秒。

硬要說出這件作品的「意義」，大概是批判：「這場採訪就是一段雞同鴨講、沒有內容的對話。」

意即諷刺「現代藝術令人滿頭霧水」。

然而，再度深思這件作品的意義，令我驀然想起一件事。

這件作品於一九七〇年發表。

巧的是，赤塚不二夫於日本《週刊少年》漫畫雜誌裡連載《猛烈阿太郎》的時期，正是一九六七年至一九七〇年。也就是說，這兩件作品在同一時期誕生。

說不定，布達埃爾恰巧讀過《猛烈阿太郎》的「喵蕉」那一幕，進而仿效致敬！……咳，根本不可能啦！只不過是有趣的巧合罷了～喵！

25 受到眷顧的男子

將超乎想像的幸運或機會視爲「再普通不過的事」、而不斷受到上天眷顧之人，稱爲「受到眷顧的寵兒」。

舉例來說，職業棒球賽中，以不可思議的絕妙機會輪番上陣打擊的選手，即被譽爲「受到眷顧的選手」。

這個詞——

對於運動選手和普通人而言，是用來形容向來受到幸運眷顧的人。

然而，對於搞笑藝人來說，卻截然相反。

也就是說，在搞笑藝人們看來，往往在最不巧的時刻迎來不幸而非好運的人，才是「受到眷顧的寵兒」。

這正是所謂「逆轉翻紅」的狀態。

舉例來說，某位男性搞笑藝人參加電視節目特別企劃、前往奈良地區尋寶，費盡力氣好不容易得到的藏寶圖，竟被偶然路過的鹿吃掉！

搞笑藝人苦嘆：「地圖被吃掉了啊啊啊~（抱頭）」

但是，這一幕卻是深受觀眾喜愛，使他一躍成爲大受歡迎的藝人。

像這樣被「倒楣運」所「眷顧」的搞笑藝人當中，有一位正是以愛惹事和帥氣外型出名的狩野英孝。

像是他曾參與一檔模仿綜藝節目《情熱大陸》的密集錄影活動。

當時他一邊開車、一邊擺出帥氣姿態接受訪問。突然間，當他流露出一臉嚴肅的表情，正準備侃侃談論身爲搞笑藝人的人生觀時，「奇蹟」發生了！

就在他說出：「身爲職業藝人，就是要不斷向前衝，絕對不能停下腳步！」的那瞬間，汽車導航系統突然發出警告。

「前方六公里處塞車。」

25
受到眷顧的男子

哈哈哈！

遇到塞車，非得停下來不可。

這個時間點簡直神巧合。

只能說，他頗受倒楣運「眷顧」啊！

然而，這個故事另有內幕。

其實我在撰寫某本書時，也曾經提及狩野英孝的塞車笑話。

當時那本書不僅已進行過初次校對試印（爲了檢查是否有錯字和漏字的試印刷），也完成再次校對的程序，終於來到準備出版發行的最後階段，竟然爆發了狩野英孝與未成年少女發生性關係的醜聞，他被經紀公司懲處無限期暫停演藝活動。

事件爆發後，出版社判定：「書本內容提及剛被無限期暫停演藝活動的藝人，實在不利於出版。」臨時在極度緊湊的時間內替換掉那段內文，才不至於鬧出風波。

我原本準備的狩野英孝手握方向盤的內頁插圖，就這樣和書稿一起報銷了。

狩野！你的倒楣運時機太猛啦！

我這份書稿重見天日之前，你應該沒再搞事吧！

現在讀者們若能讀到這段話，應該代表這本書順利出版了……。搞得我心裡七上八下的。

萬一狩野英孝又在出版前夕爆出了負面新聞，我也可以算得上頗受「倒楣運」「眷顧」之人吧……。

26「請保持冷靜，不要擅自亂動！」

在日本，星期日傍晚有個大受歡迎的電視節目《笑點》。

我從小就非常喜歡這個節目，至今仍每週錄影觀看。

其中一個類似機智問答的單元「大喜利」，可說是節目的招牌。節目中各個來賓各有自己的風格，我從小就一直認爲，是落語家也是漫畫家的林家木久扇，是其中最有趣的答題者。

每當他的回答不被接受時，他就會大叫：「你嘛咧好膽不接受！」這可說是他的搞笑必殺技。

偶爾被主持人懲罰抽走了座墊，他也會咕噥著說：「人家明明盡力了……。」惹得觀眾哈哈大笑。

接下來——是林家木久扇還是第八代林家正藏大師的徒弟時的故

事，也是他在落語表演時經常講述的笑話。

他的師父正藏大師非常擅長講述恐怖怪談。

當時，講述恐怖怪談的表演稱爲「怪談芝居」，由演員扮演幽靈或是人的魂魄出場表演。

人的魂魄又稱爲「火球」。以往「消防法」不甚嚴謹，所以會直接在舞台上使用明火演出。

用釣魚桿上的細鐵絲，串起了浸泡燒酒的團狀脫脂棉花，點火後在舞台上來回揮動。

由於釣魚竿被塗得漆黑，鐵絲又很細，在暗漆漆的舞台上乍看還眞像人的魂魄四處飛舞。

某一天，當時正値年少的林家木久扇一如往常，在舞台邊舉著釣魚竿操弄「人的魂魄」。

由於已經做慣了，他一邊和前輩悄聲閒聊，一邊隨意揮動道具。

26
「請保持冷靜，不要擅自亂動！」

此時，正口若懸河講述著恐怖怪談的正藏大師，因爲太靠近飛舞的火球，以致場面看起來相當危險。

觀眾們一陣騷亂，紛紛擔心詢問：「啊咧？火是不是燒到大師身上了？很驚險的樣子欸？」

另一方面，正藏大師聽見觀眾們不斷議論著「好驚險」「好恐怖」，誤以爲是對恐怖怪談的捧場，因而更加賣力表演。

「某座山廟傳出悠遠的鐘聲，躲在陰暗之處的東西異常地……啊啦啦，好燙、燙、燙、燙……啊、啊、啊、啊！」

看樣子，火勢劈哩趴啦地移燒到大師的頭髮。

從前還流行在頭上抹髮油，一旦著火便能熊熊燃燒不停。

「好燙！好燙！」正藏大師在舞台上急得團團轉。

觀眾們大喊：「失火啦！」

演員趕緊打電話給消防隊。

「不好意思！大師在舞台上著火了！」

消防隊從來沒聽過這種事，嚇一跳說：「我們馬上出發！請保持冷靜不要擅自亂動！」

哈哈哈！

不過，故事後半段說不定是林家木久扇的誇大描述。

該不會只有我認爲，即使發生這種事，當時依舊是個非常偉大又美好的時代吧。

不過呢，無論再怎麼偉大的時代，也不能讓大師著火吧！

請大家玩弄火球……呃，不對，應該是只要碰到有火的場合，務必切記隨時緊盯火源。

小心火源，星星之火，可以燎原。

非常感謝您的捧場……。

＊本文參考《林家木久扇笨蛋天才全集》（《林家木久扇バカの天才まくら集》）
林家木久扇著，二〇一八年，日本竹書房文庫

像是黑咖啡的

「發人省思卻略帶苦澀的故事」

27 早晨的咖啡廳

這是我從前親眼目睹的經驗。

那天是我必須進公司上班的日子。

每逢進公司的日子，我習慣早上六點半去公司附近的咖啡廳，趁著上班前的空檔撰寫書稿。

那天，在早上六點二十八分，我一如往常來到咖啡廳門口，等待店家開門營業。

距離咖啡廳六點半開門還有兩分鐘。

等待店家開門營業的人除了我以外，還有一位非常眼熟的常客。我

早晨的咖啡廳

們一起等著店員啓動咖啡廳門口的玻璃自動門開關。

待營業時間一到，店員應該會啓動開關讓客人進門。

距離開門營業還有一分鐘。

此時，一位中年大叔來到店門口，年齡似乎五十五到六十歲左右。

這位大叔看到咖啡廳裡燈光明亮，以爲已經開始營業。

他掠過等在門口的我倆，逕自走到咖啡廳門口。

想當然爾，自動門紋風不動。

畢竟店員還沒啓動開關嘛！

中年大叔感到困惑「嗯？」了一聲，在門口跺了幾次腳。不過呢，

就算你跺腳也好，倒立也好，也無法逼迫店家開門。

沒想到，中年大叔竟然伸出手、朝向電動門，使勁將門拉開。

咦咦！自動門居然就這樣被打開啦！

中年大叔向店內喊話：

「可以嗎？」

他一邊問著「可以嗎？」一邊擅自走進店裡……。

店員也不好意思將已經走進店裡的客人在開始營業前一分鐘趕出門，無奈之下只好讓他點餐。

隨後，自動門終於可喜可賀地啓動，我這才走進店裡。

我點了咖啡之後坐下，發現對面恰巧是強行闖入店裡的中年大叔。

只見那位大叔喝咖啡時，一直、不停地抖著腳。

看著他的模樣，讓我有感而發——

「看樣子是個靜不下心又易怒的人。」也覺得他的舉動「實在有礙觀瞻。」

老實說，我是個「暗地裡沒耐心」之人。

無論是被迫等待遲遲不開的閘門，或在餐廳點餐後、等待許久仍不見上菜，都會讓我火冒三丈。

等待的時間裡，若讓我讀本書、或撰寫書稿，倒還無所謂。假如什麼事都不能做，我只會覺得浪費時間。

萬一我在這種時刻表現得像那位「強行突破自動門」的中年大叔，
向世人展現難堪不雅的舉止……。

看著別人，反思自己。
大叔，感謝您讓我見識到何謂不良示範！

28 一流大廚的三流餐廳

電視上的資訊類節目，經常推出這種單元——

「一流大廚親自傳授！讓家常菜變身一流餐廳美味的秘訣！」

某位號稱「日式料理界一流大廚」的廚師，經常受邀出席這種電視節目。以下的故事，就是我在他經營的大眾日式料理店的親身經歷。

這位廚師的餐廳位於東京都某處。

店裡的晚餐價格雖然偏貴，午餐價格倒是平易近人。

某天，我到該餐廳享用午餐。

店內陳設原木製的吧檯和餐桌。

我在午餐時段剛開始時便早早獨自入內，在吧檯邊坐下。當時點的餐是大約一千二百元日幣的烤魚定食。

一陣子之後，定食上桌了。餐點包含由碳火炙烤的照燒白肉魚、米飯、味噌湯，還有一小碟簡單配菜。

截至目前爲止都沒問題。

正當我準備開動時，吧檯裡傳出一聲怒吼：

「混帳東西——！動作快點！你到底在幹嘛！」

看樣子，是實習店員被資深廚師斥責。

店內空間並不大，怒罵聲在整間店裡聽得一清二楚。

那瞬間，這間餐廳在我心中立刻降級爲二流店家。

無論米飯煮得再可口、烤魚再鮮甜，這些通通都不重要，我只想趕快奪門而出。

老實說，我完全不記得餐點口味如何。

作爲廚師的修行，嚴格指導確實是必要的。

然而，我認爲應該完全避免在客人面前發生這種事。正在用餐的顧客目睹這一幕，任誰都會心生不快。

一旦惹得顧客不開心，無論是多麼頂級廚師經營的餐廳，無論端出多麼美味的料理，都會降格爲二流店，不，是淪落爲三流店。

其實這個故事已經是二十年前的往事。

雖然這間餐廳位於非常便利的地點，但是我再也不曾光顧過。

即使經過二十年，這位餐廳老闆至今仍經常活躍於電視上「讓配菜美味升級的專業大廚秘訣」之類的節目單元。

每當我看見他的臉，就會想起二十年前的親身經歷，忍不住吐槽：

「無論在料理界如何大放厥詞，你的餐廳依舊只是三流店罷了！」

基於同樣道理，店員們經常聚在一起竊竊私語的店家，也頗令人困擾。

店員們感情好是一回事，但是在顧客面前毫不避諱地嚼舌根，就非常不恰當。

通常這種店的店員不會太在意顧客動向，連顧客舉手準備點餐都沒看到。最後使顧客不得不在周遭目光注視下，硬著頭皮喊叫：「不好意思……！」

旅館業似乎有一條待客守則，「**如果讓顧客出聲喊叫就出局了**」。

呃，雖然無法期待餐飲業做到這種地步，但提供美味餐點的餐廳，若因待客不周而使顧客退避三舍的話，就實在太可惜了。

29 鄰桌的顧客……

我在咖啡廳裡開啓電腦、撰寫書稿的同時，也目睹鄰桌顧客的人生百態。

舉例來說，某次我在涉谷捷運站大樓裡的咖啡廳寫稿時，鄰桌兩位顧客貌似是某位新興偶像與她的經紀人。

坐在我右手邊的是穿著華麗的女孩，一看就是十幾歲的青少女。她的正對面坐著打扮頗具演藝圈風格、年齡約二十五至三十歲的青年。

擔任經紀人的青年，似乎正將上個月工作收支明細表交給身爲偶像的女孩。

這位女孩坐在我的身邊，我從眼角餘光瞄到收支明細表上印著她的名字（八成是藝名）與「○○出演費三千日圓」等文字。

一眼望去，明細表上滿是瑣碎又酬勞不多的工作。據我推測，她可能是某個不知名偶像團體的其中一員。眞是一份辛苦的工作啊！

我打算稍後查詢她的資訊，便在電腦裡記錄她的藝名。我還眞是八卦吶！

此時，女孩將自己的手機遞給經紀人說：「欸～幫我拍照嘛～」經紀人「喀擦！」一聲，拍下女孩與水果冰淇淋蛋糕的合照。

之後我查詢她的藝名，果然出現了有「努力工作的不知名偶像」風格的部落格。

最新一則貼文，就是那張在我身邊拍攝的照片，寫著：「工作結束後，來到涉谷的咖啡廳。」

照片畫面還拍到我的肩膀一小角（笑）。

而我在捷運京王線某站前方的咖啡廳寫稿時，鄰桌兩人突然展開一段令旁人不知是否該迴避的對話。

其中一人貌似中小企業的老闆，另一人像是他的員工。老闆年約五十多歲，身材壯碩；員工穿著工作制服，年約四十多歲。

以下是這兩人的對話實況轉播。

「你說有事找我商量，怎麼了？」

「對，呃，那個，我的情況有點不妙……。」

「嗯？是怎樣？」

「呃，那個……我被傳喚了……。」

「被誰傳喚？」

「呃，那個……被法院傳喚……。」

「啥？法院？你做了什麼？」

「其實是……跟人打架，當時還有點喝醉酒……。」

「什麼？喝醉酒跟人打架？你出手打人嗎？」

「對，不嚴重啦……。」

「你也太沉不住氣了。」

「呃，也不能這樣說啦……。」

「眞拿你沒辦法。在我能力範圍之內可以幫忙……，但不能幫你調解喔！」

「這個嘛，這個……已經不是第一次了。」

「咦？這次是第二次嗎？上次是何時？」

「那個……現在我還在緩刑期間……。」

「你竟然還在緩刑期間！第二次再犯，法院會從嚴審查喔！沒處理好就去坐牢囉！」

「是這樣嗎，啊哈哈……。」

您瞧瞧！鄰桌竟然討論這種事！

我都無法專心寫稿了！

我心想，將來這段對話說不定能作爲寫稿的靈感，趕緊記錄下來……。果眞以這種形式成爲本書的一部份。

俗話說「百年修得同船渡」，在咖啡廳裡比鄰而坐亦是一種緣份，**偶爾也能窺見意想不到的人生百態**。

30 壞印象是「一輩子的痕跡」

從事漫畫家的友人曾對我說：

「當初我爲了成爲漫畫家而獲得猶如鯉躍龍門般的新人獎，你看了得獎作品，指著最後一句台詞告訴我：『假如最後一幕不是這句台詞，說不定就與新人獎無緣了。這句台詞就是這麼棒！』至今我還記得喔！你的話太讓我開心了！」

我完全忘記曾經發表過這種感想，友人的一番話讓我冷汗直流。

我……我怎麼會這麼自以爲是……，當時的我實在是太狂妄了……。

這位友人是性格不錯的好好先生，幸好他開心地接受我的評論，若聽在其他人的耳裡，被當成惹人不悅的冒失言論也不爲過。

眞是好險吶！

人的記憶非常地不可思議，本人都不記得的言論，卻在聽者的腦海裡留下了永久記憶。

假使對話的時機點是「初次見面」，那麼當時所說的話，就會成爲對方眼中「關於某某人的一切印象」。

「無法收回脫口而出的話」就是這個道理。

幸好，這位漫畫家友人與我並非初次見面，甚至對我說的話抱持良好印象。然而，爲了避免有人將來對我產生不良印象的可能性，我暗自警惕自己：「往後務必更加小心……。」

話說某位知名搞笑藝人，他年輕時非常自負，曾說：「自己和其他搞笑藝人不同，不僅幽默風趣，還聰明絕頂。」

他確實在電視節目中經常做出機智評論，高竿地回覆主持人拋出的

봄, 꽃처럼 설레는
PLATFORM
FLOWER & PLATFORM
THE SHELF

話題，在同時期藝人當中獨占鰲頭。

得意忘形的他，與年輕的節目工作人員彩排時，心中暗自瞧不起對方：「反正這些傢伙根本不懂如何搞笑。」將其他人的話當成耳邊風，老是用狂妄無禮的態度待人。

不過呢——現在這位搞笑藝人已深刻反省年輕時的態度，溫和有禮地對待工作人員。

然而，儘管他的實力堅強，即使成爲知名藝人，至今仍然沒有任何一檔電視節目邀請他成爲常駐來賓。

爲什麼會這樣呢？

理由簡單明瞭，現在才改變態度，已經太遲了。

當年許多新進工作人員，都曾被年輕的他冷酷對待，即便經過十年，那時對他的惡劣印象仍像昨天才剛發生一般歷歷在目。

如今這些工作人員擁有自己的電視節目，紛紛在心裡立誓：「絕對不會邀請那傢伙出席自己的節目！」

年輕時的狂妄態度，代價是留下「一輩子的痕跡」。得意忘形而擺出使對方感到不快的態度，將來到底會面臨多麼殘酷的反撲呢？

這個故事真可怕。實力越堅強的人，越容易落入這種泥沼中。

與上述這位藝人相反，年輕時笑著原諒節目工作人員犯錯的某位搞笑藝人，如今已是每天都在電視上亮相的熱門寵兒。

是否對周遭的人抱持感激之心？

一念之差，創造截然不同的未來。

31 兒童會長選舉教我的事

我有一位朋友曾出版好幾本書，就稱他爲A先生吧！

這位A先生小時候曾有過一段痛苦經歷。

A先生小學六年級時，學校舉辦了兒童會長選舉。

當時宛如小大人的A先生心想：「小學兒童會長根本什麼權限都沒有，只是名譽職罷了。這種選舉實在有夠無聊。」

即使如此，經由師長解釋：「日本是民主主義國家，選舉制度爲非常重要的立國章程，希望透過讓小學生體驗選舉，教育兒童成爲社會優秀的一份子。」於是，A先生決定：「要投票給適合擔任兒童會長的候選人。」

接下來——A先生的班級推選B小妹爲兒童會長候選人。

隔壁班推選C小弟爲候選人。

擔任A先生級任導師的女老師，爲了讓兒童會長是出自於自己的班級，拚盡全力爲B小妹拉票，不斷叮嚀自己班上的學生：「一定要投票給B小妹。」

然而，A先生對此心生疑惑：「比較我們班的B小妹和隔壁班的C小弟，無論人品性格或知識水平，C小弟都更加優秀。明知如此，卻只因爲是同班同學就一定要投票給B小妹，豈不是很不合理嗎？」

A先生懷著這種想法，無視級任導師的告誡，投票給C小弟。

選舉結果出爐，B小妹落選，C小弟當選兒童會長。

A先生的舉動觸怒了級任導師。

A先生在班會時，被級任導師當成眼中釘，老師激動怒罵著：「班上因爲存在著A同學這種人，才無法團結！」

A形容當時班會的場景：「班上每個人都轉身看著我，七嘴八舌地責備我。罵我的人實在太多了，我完全搞不清楚他們到底罵了什麼。那個場面眞是太恐怖了。」

經過這次班會，A先生確信一件事：「這場兒童會長選舉，其實只是以培訓民主主義之名，行全體主義之實罷了！」

自己天眞地以爲選舉是爲了「培訓民主主義」，眞是天大的誤會。

爲何未經深思熟慮，就一頭熱地投票呢……。

然而，A先生至今仍堅信當初投票給C小弟是「正確的作法」。

自己犯下的錯誤並非「投票給C小弟」，而是「沒有爲了正確投票而做好相當程度的覺悟」。

畢竟不明事理的人占多數，若想貫徹正確做法，就必須擁有堅定信念，以及——被周遭人們討厭的勇氣。

透過A先生現今在社群媒體的發文，我才得知這個故事。

A先生的這篇發文，吸引我和許多人紛紛留言「讚揚A先生的舉動」。

對於小學六年級孩童而言，當時的體驗一定是非常痛苦的經歷，經過十年之後，A先生的舉動如今終於獲得認同。

「善良只有一種，就是聽從自己的良心來行事。」——西蒙．德．波娃（Simone de Beauvoir），法國女性作家、哲學家。

32 假如某天看到桌上擺著花……

某一天，當你抵達學校時，假如看到自己的課桌上擺著一支花瓶，裡面還插著一束花……。

這是早期電視劇常見的場景，乃校園霸凌的慣用手法。前一陣子某部電視劇再度重播，就出現了這一幕。

採用這種方式的霸凌者，可能認爲只是在課桌上放置一瓶花，並沒什麼大不了，也不打算採取更激烈的手段。

要是被霸凌的受害者是一位內心纖細的孩子，說不定會大受打擊而拒絕上學。

「在課桌上擺放花瓶」之舉，毫無疑問展現了卑鄙惡劣的心態。

32
假如某天看到桌上擺著花……

然而，遭遇這種霸凌時，若是順從霸凌者的期待、做出情緒低落的反應，豈不是正中對方下懷，只會讓對方更開心得意罷了！

被霸凌者難道不會感到不甘心嗎？

那麼，到底該做出何種反應，才能讓放置花瓶的那些傢伙期待落空、自討沒趣呢？

我看著電視劇重播的霸凌場景，腦海裡忍不住展開一連串的幻想。

望著課桌上的花，務必讓那些期待看見你大受打擊與傷心難過的霸凌者們白忙一場。

最好讓他們後悔大喊：「可惡！還我買花的錢來！」

舉例來說，您認爲這樣的回應如何？

「啊，好漂亮的花！謝謝你們！我可以把花帶回家吧！」

如此回應後，在課程中一直把花擺在桌子上，接下來心平氣和地度過一整天。

做出絲毫沒有察覺被霸凌的「天然呆」模樣。

也就是「讓霸凌失去成效」。

在公司裡遭受到藉由欺壓部屬來釋放自身壓力的「壓榨型上司」「宛如霸凌般的指責」時，就能運用這種「面不改色、假裝天然呆的技能」。

假如上司對你製作的文件做出各種無理刁難……，只要面帶微笑回答：「謝謝您的指教！」就夠了。

甚至更進一步、神采奕奕地追問：「若您方便的話，可否請您指出哪裡做得不好，並提供具體改善方式呢？」

對方找碴的目的只是想釋放自身的壓力，他的指責往往沒有根據，只不過是「爲了刁難而刁難」罷了。

因此，一旦您展現出絲毫不受影響的表情來回應，使對方驚覺：

32
假如某天看到桌上擺著花……

「唔呃，竟然是個欺負起來沒意思的傢伙！」在他意興闌珊之下，說不定會鬆口：「算了，這樣就行了……。」（假如對方並非壓榨型上司，而您製作的文件確實出現錯誤，當然要虛心請教改進之道。）

總結來說，「鈍感力」是使霸凌者白忙一場的關鍵秘訣。

轉念一想：「霸凌者其實是只能將自己內心的壓力，向比自己弱小之人發洩的可悲者罷了！」暗自在心裡不將對方當作一回事。

「喔～是喔，你想抒壓嗎？我就大方地陪你出口氣吧！」不妨試著以高人一等的心境，來發揮悲天憫人的情懷吧！

33 搭乘擁擠捷運的壓力是……

這是我朋友A先生的親身體驗，是略帶苦澀又有點恐怖的故事。

某一天，A先生搭乘擁擠的捷運京王線，於明大前站下車。爲了轉乘井之頭線，他往手扶梯方向前進。

當時人潮洶湧，他的前後方都擠滿了人。

此時，A先生的鞋尖輕輕地踢到前方男子的腳跟。

由於現場擠滿人群，前方男子放慢腳步，導致A先生輕輕踢到他。

這位走在前方的男子搭上手扶梯之後，回頭朝後方張望了兩次。

他似乎並不打算開口責罵A先生。

A先生卻從他轉頭的模樣感覺到一股惡意。

手扶梯下方的狹小月台已經人滿爲患，還有許多人不斷從手扶梯走下來，堪稱非常危險的場面。

雖然從手扶梯走下來的人們紛紛朝前方移動，此時卻給人一種骨牌即將倒塌的感覺。A先生產生一股危機意識，旋即從前方男子的身邊快速通過，趕緊離開手扶梯底部。

此時竟然……。

A先生的左腳腳踝處，突然被人從後方踩了一腳。

原本他以爲對方像自己一樣，是「後面的人不小心踩到了前方的人」。

沒想到，同樣的部位被人再踩了一腳。

緊接著又一腳。

不必再懷疑了。

是剛才被A先生鞋尖踢到的男子，故意踩踏A先生的腳踝。

被連續踩踏四次，A先生不禁火冒三丈。

然而，比起心中的怒意，A先生更不願對後方不斷湧入的人群造成危險，便快步離開。

A先生平時是一位性格非常溫厚的人。這樣的A先生竟然說：「假如當時沒有不斷從後方湧入的人群，我應該會轉身大罵那個男子：『混帳！你是不是故意踩我！』」

老實說，我聽到這則故事時，內心受到巨大衝擊。

絕對不會從平時的A先生嘴裡冒出的那句話嚇到我了。

搭乘擁擠捷運的壓力，可謂比駕駛戰鬥機、進入備戰狀態的飛行員壓力還大。

會比以性命拚搏的飛行員壓力還大的原因是……。

備戰狀態的飛行員壓力比搭乘擁擠捷運的壓力更輕鬆的關鍵，在於飛行員「自己能夠掌握全場狀況的可能性」；因爲，當人們面臨「自己無能爲力」的情況時，就會感受到前所未有的巨大壓力。

33
搭乘擁擠捷運的壓力是……

正因如此，搭乘擁擠捷運的壓力眞是太恐怖啦！

只不過稍微被踢到腳踝，就向對方報復踩踏好幾次，甚至激怒性格溫厚的A先生產生了偏激的想法……。

由「雞毛蒜皮小事」而引發「乘客之間」摩擦糾紛的可能性，實在太高了。

請問您搭乘過尖峰時段的擁擠捷運嗎？

當您乘坐這種列車時，請謹記：「現在的自己正處於比戰鬥機飛行員壓力更大的狀態。」以避免捲入不必要的麻煩之中。

可能的話，請想像：「現在的我，是正在體驗當地擁擠捷運的外國觀光客。」也是一種稍微減輕壓力的方法哦！

34 開始撰寫連載文章之後……

日本知名暢銷作家阿川佐和子著有短篇散文集《與其誇誇其談，不如靜心聆聽》❶等多本著作。

她的父親（阿川弘之）也是一位作家，曾出版許多著作。原本她自認爲非常擅長寫作，然而當她「接獲出版社提出連載散文的邀約」後，卻爲了是否該接下這份工作而苦惱不已。

阿川佐和子的煩惱，很可能來自於孩提時期、目睹父親在截稿前夕躁動不安的模樣。

自己到底能不能夠勝任撰寫連載散文的任務呢？

會不會害連載開天窗呢？

更重要的是，是否會立刻遭遇寫作瓶頸呢？

阿川佐和子擔心得不得了。

她忍不住向好友之一、曾經寫過連載散文的女演員檀富美提問：

「撰寫連載散文是不是一項很艱辛的工作啊？」

面對前來討教的阿川佐和子，檀富美回答：

「老實說，每個禮拜都要撰寫連載稿件，實在是一件苦差事，真的很辛苦吶！」

❶日文書名《聞く力》，由四川文藝出版社發行簡體中文版。

聽到這句話的阿川佐和子心想——

啊，果然如此，我還是推拒掉連載的邀約吧！

然而，檀富美接著說：「**不過呢，每個禮拜（看到週刊雜誌刊登自己的連載）都一定能感受到幸福喔**！」

檀富美解釋：「每當我寫完連載稿件的那一天，都會冒出這樣的念頭：『再也沒有比此刻更幸福的感覺了！』我非常期待每週必定降臨在我身上的幸福感受。」

阿川佐和子聽了這番話，轉念一想：「每個禮拜都能感受幸福降臨，眞是太棒了！」便接受了週刊雜誌的連載邀約。

當她一旦實際體會了連載散文的經驗，便十分贊同檀富美的說法。**雖然一開始惶恐不安，勇敢嘗試後的報酬，卻是美妙無比的感受**。

某位藝人以往曾經主持一檔網路節目。

這位藝人向來以開朗又活潑的方式主持節目，但是在現場轉播之前，仍會喃喃自語：「開始直播的那瞬間，總覺得心臟快從嘴裡跳出來了。」

此外，我的一位友人曾出席一千場以上演講，他也坦言：「其實上台演講前，我老是害怕得不得了，緊張個半死。」

知名暢銷作家阿川佐和子、總是熱情主持節目的藝人、經常在兩千人面前滔滔不絕演講的友人……等等，即使在旁人眼中，他們看似遊刃有餘，實際上，他們都懷著忐忑不安的心情來克服眼前情境……，並樂在其中。

無論面臨何種挑戰，多多少少會感到「不安」。

然而，一旦克服這種「不安」，必定能收穫「成就感」與「喜悅」。

坦白說，我也是個膽小鬼，每當收到演講或出席電視節目的邀約，內心皆惶恐不已。只不過，我每次都藉由期待「收工後」的美味慶功宴，來激勵自己接下任務。

35 用科學「創造美好的一天」

您聽說過「Scotoma」嗎？

「有啊，不就是跟芝麻一起拌炒的美味料理嘛！」那個叫「拌炒芝麻」啦！

我說的是「Scotoma」。

意思是「心理盲點」。

腦科學認爲，假如人類缺乏這種「心理盲點」機制，就會「過度使用大腦」、立刻致死。

原因在於，我們的眼睛和耳朵接受到的資訊量實在太過龐大。

倘若一一辨識這些資訊，大腦瞬間就會當機。

爲了不讓大腦辨識所有接受到的資訊、而遮蔽其中一部分，便形成了所謂的「心理盲點」機制。

舉例來說，當我們被問道：「請遮住眼睛。遮好了嗎？請問，房間裡有什麼東西是紅色的？」往往會回答：「咦？是什麼呢？」

這是因爲，我們走進房間時，即使眼睛看見、但大腦卻遮蔽這些資訊，所以並未進一步辨識。相反地，倘若被要求：「現在請走到鎮上，指出一百件紅色的物體。」我們就會特別留意尋找紅色物體。

也就是說，我們解除針對紅色物體的「心理盲點」，轉而「特意分辨它」。

接下來，讓我們善用這種「心理盲點」機制，達成「用科學方法創造美好的一天」。

做法很簡單。

35
用科學「創造美好的一天」

早上起床時，請開口大聲說：

「啊，今天也是美好的一天！」

這種方法稱爲「自我應驗預言」，腦科學界已經證實它的成效。

其原理爲藉由開口宣告：「啊，今天也是美好的一天！」來向大腦植入這種印象。

這麼做之後，當天無論發生任何事，大腦只會辨識「好事」，並透過「心理盲點」遮蔽「壞事」，營造出萬般順利的狀態。

即使遇到壞事，也會睜一隻眼閉一隻眼地忽略它；遇到好事，則認爲：「看吧！果然諸事大吉！」

瞬間變身爲「只會辨識好事的體質」。

我認識一位作家，他一向是興高采烈地直呼：「我實在太好運啦！」

打聽之後，他解釋：「每天早上照鏡子，對著自己大聲宣告：『今天也是最棒的一天！』」

無論是否理解大腦「心理盲點」的原理，總之，他把這項機制發揮得淋漓盡致。

另一方面，老是抱怨「噩運纏身」之人，亦是透過心理盲點機制，只顧著分辨「壞事」，徹底遮蔽「好事」而無法感知。

再也沒有比這樣更可惜的事了！

完全免費，一秒就能完成「自我應驗預言」。

即使被騙也對您毫無損失，請務必試試看唷！

＊本文參考《跳出舒適區，年薪自己訂》
苫米地英人著，二〇一一年，智富出版

36「你搭乘的飛機……」

日本江戶時代的雜俳詩人柄井川柳曾言：

棋逢敵手，互相憎恨，又緬懷不已。

「平時對方總是一邊口出惡言、一邊下棋，令人心生厭惡。對方離世後，卻對這份厭惡感緬懷不已。」此句詩詞抒發出微妙的心境。

柄井川柳的詩句，成爲日本古典落語名作《笠碁》的靈感來源。

話說回來，早期電視節目《笑點》的固定來賓三遊亭小圓遊過世時，在節目中擔任「小圓遊吵架對象」的桂歌丸，便在小圓遊過世後首度播出的大喜利單元裡，用柄井川柳的詩句作爲開場白（列舉年代久遠的例子還請多多包涵！）。

如同「大吵一架的好交情」所言，**能夠和自己拌嘴吵架的朋友，說不定是難得可貴的存在喔**！

我忘了曾在哪兒聽聞一則眞實故事。

某位外國歌手（應該是一位搖滾歌手）擁有一位同爲音樂人的吵架損友，他們老是彼此惡言相向、針鋒相對。

某一天，這位損友準備前往國外度假，搖滾歌手到機場爲他送行。

「我開心度假時，你還要馬不停蹄地工作，實在太悲哀了！」

「吵死人啦！我希望你搭乘的飛機待會就不幸墜機！」

兩人一如往常展開唇槍舌戰。

沒想到的是，搖滾歌手一輩子都在爲這段對話後悔不已。

36
「你搭乘的飛機……」

損友搭乘的飛機，竟然眞的墜機了！

平時雖然惡言相向、吵架對罵，可是這位朋友對他而言，卻是無可替代的摯友。

明明是至交好友，最後的對話內容竟然如此不堪。

爲何自己會說出那種話呢……。

即使內心明知墜機並非自己的過錯。

仍舊無法停止無盡無休的悔恨。

然而，我想說的是——

這位歌手的損友，一定想從天國對他喊話：

「笨——蛋，別在意啦！」

我認爲，損友如果看見在自己過世後，對方仍不斷爲了最後的對話而懊悔不已，應該會生氣怒罵：「你夠了喔！」

假如，您也曾對已經過世的某人感到後悔不已：「最後一面竟然在吵架中不歡而散！」，或著是：「那天，我如果這麼做的話，他就不會發生意外了！」

請您試著站在逝者的立場來思考。

逝者應該想要對您說：「這種事情無所謂啦，我根本就不在意！」

若您像那位搖滾歌手一樣，沉浸在無法挽回的懊悔之中，不妨轉念思考、站在逝者的立場，想像自己會做何反應。

我認爲，您能夠心無罣礙地繼續生活，便是對逝者最好的悼念。

37 糖果裡的訊息

這是馬來西亞推行的某項宣導活動。

宣導活動的工作人員，帶著一百枝糖果來到一座小鎮。

他們帶來的就是俗稱的「棒棒糖」，讓孩子們握著長柄、舔拭上方的糖果。

工作人員向小鎮裡落單的幼小孩童搭訕，免費贈送棒棒糖。

每一位被陌生人搭訕的孩子，雖然一時之間展現出警戒神情，但是一看見遞到眼前的糖果，全都開心地收下。

孩子們旋即跑向父母所在之處，迫不及待地分享「意想不到的幸運好事」。

大多數父母都在不遠的地方休息，見到孩子們拿著碩大棒棒糖跑回來，紛紛露出驚訝的表情。

這正是工作人員想要營造的情境：孩子們從「不認識的陌生人」手中，免費獲得昂貴的碩大棒棒糖……。

這項宣導活動的重點是——纏繞在棒棒糖長柄的白色紙條上、印著寫給家長的話。

正在閱讀本文的您，能否猜到紙條上的話？

這項活動到底想宣導何種觀念呢？

咦？

您以爲是「糖果商家爲了宣傳新產品，而在紙條上列出零售店地圖」嗎？

猜錯囉！

這項宣傳活動其實是——**呼籲家長提高警覺**，**避免孩子被綁架**。

37
糖果裡的訊息

在棒棒糖長柄上的紙條，印著寫給家長的話是：

「歹徒只需要一秒鐘就能綁架孩子。爲了避免憾事發生，請千萬別讓孩子離開您的視線。」

事實上，馬來西亞每年都有數百位孩子失蹤，這儼然成爲非常棘手的社會問題。

被綁架的孩子們一旦流落到人口販賣市場裡，就只能墮入悲慘無比的命運。

孩子遭到綁架的家長們，一輩子都會深陷於「爲何讓孩子在眨眼之間離開自己視線」的懊悔中……。

這項「發送糖果」的活動，正是爲了防堵這種悲劇，而專門爲家長規劃的宣導活動。

某一檔電視節目裡，防止犯罪的專家曾說：

「教導孩子『不可以接受陌生人的物品』反而造成反效果。」

理由是，對孩子們而言，原本不認識的陌生人，只要交談幾次後，孩子們就會認定對方是「認識的人」。

孩子們的純真心靈裡，對「陌生人」的定義其實非常鬆散。

一想到孩子的「純真」原本是一件非常美好的事物，卻被如此利用……，便令人加倍憎恨這些卑鄙惡劣的綁架犯。

38 與外包設計師交手的痛苦回憶

學生時代，僅憑著一股「血氣方剛」就能解決的事，在出社會工作之後，卻無法如法炮製地解決……。您是否有過這樣的經驗呢？

以下的故事，是一位我認識的資深編輯N先生，他在出社會工作數年之後所遭遇的痛苦回憶。

N先生當時任職於某本雜誌的編輯部。

他的職位是實習編輯，是該雜誌的編輯助理。

他的工作項目之一，是負責聯繫外部平面排版公司所聘僱的外包設計師。

那個年代電子郵件尚未問世，必須在公司裡舉行會議與平面排版公司洽談；此外，還得藉由傳眞機與外包設計師討論修改平面設計圖。

某一天，原本與設計師約定「○點之前傳眞平面設計圖」，眼看約定的時間已過，設計師竟然音訊全無。

截稿期限迫在眉睫，N先生焦急地致電設計師，對方卻沒有接聽。

當時沒有手機，完全無法聯絡設計師，眼睜睜看著時間流逝，N先生不禁火冒三丈。

好不容易取得聯繫，N先生語氣不善地質問，設計師卻說：「我明明有按照約定時間傳眞資料喔！」

原來，是N先生公司的傳眞機出問題（貌似列印紙用完了？），無法順利接收傳眞過來的文件。

然而，陷入惱怒狀態的N先生仍無法壓抑怒火，咄咄逼人斥責道：

「你爲何不向對方確認之後再外出！」

事發至此，外包設計師也被惹毛，雙方都氣憤不已。

不巧的是，這通電話之後的隔天，正是下一期雜誌的討論日。平面設計公司員工與這位外包設計師一起來到N先生的公司。

這兩人依舊怒氣難消，會議中徹底無視對方。

這樣的氛圍下，當天的討論完全沒有任何進展。

數日後。

第二次討論會議時，這位外包設計師缺席了。

N先生已經氣消，正琢磨著如何修補關係，詢問平面設計公司員工：「咦，今天〇〇先生（外包設計師的名字）不來嗎？」

平面設計公司員工劈頭就說：「由於上次他在討論會議裡態度惡劣，我們和他解除契約了。我們絕對無法容忍他在客戶面前擺出那種態度！」

聽到這番話，N先生大受打擊。學生時期「吵一場小架」就能解決的事，出社會後竟然害一個人丟了工作。

當然，這位設計師還有來自其他公司的案子。

即使如此，已經工作數年的N先生，仍爲自己一時憤怒所招致的後果感到驚愕無比。

他坦言：「從此往後，爲了不再先入爲主地誤會對方，我隨時自我警惕，務必與職場夥伴保持密切聯繫。」

N先生至今依然從事編輯工作，從年輕時代的痛苦經驗之中「學習」並善加活用，才能達成今日成就。

39 一念之差救了北野武一命

人吶，可能因爲一念之差丟掉性命，也可能九死一生撿回一命。

以下是日本知名藝人北野武的故事，當時一九八二年，他才三十五歲。

某一天，北野武從北海道返回東京，身上幾乎沒有任何現金。他的腦海突然閃過一個念頭：「乾脆聯絡日本富士電視台製作人，請他帶我去飯店……。」

原來，彼時富士電視台製作人與東京都內某間高級飯店關係良好，該飯店專門爲他預留一間免費使用的房間。

這位製作人從關西地區邀請搞笑藝人來東京時，經常讓他們住宿這間免費房間，因此北野武把主意打到這上頭。

然而，北野武沒有將這個念頭付諸實踐。

北野武當天完全是私人行程。

無論製作人與飯店的關係多麼良好，他也拉不下臉在沒有工作的情況下要求免費住宿。

雖然有點麻煩，北野武依舊選擇聯絡友人高田文夫，向他借了一點錢之後入住王子飯店。

隔天早上，北野武打開電視收看新聞時，被嚇得一臉慘白。

電視上出現與製作人關係良好的那間飯店。

昨天晚上，自己差一點就要投宿的那間飯店竟然失火了。

該飯店的名稱是：新日本飯店。

就是一九八二年二月引發大火，造成三十三人死亡的那家飯店。

事後，北野武在電視節目中回想起此事時表示：「還好，我的優良品性救了我一命，幸虧我沒有貪圖免費住宿。還好我選擇自掏腰包投宿其他飯店。太可怕啦，當時還有新聞現場轉播，說不定我非得在大火中來個叉腳前空翻才能逃出來。被逼著趴在窗戶旁邊叉腳前空翻，成爲我生涯最後的搞笑絕響。」

即使最後一段所說的叉腳前空翻玩笑在此事件中有點不恰當，「沒有貪圖免費住宿的優良品性助他死裡逃生」的部分，仍然頗令人贊同。

人吶，偶爾會明知是壞事，卻依舊說服自己「大家都在做」而以身試法。

然而，這種行爲有時正是致使自身滅亡的主因。

因一時不察所產生的醜聞、最終導致全盤皆輸者，大有人在。

英國人有個詞彙「principle」。

此單字包含「原理」、「原則」、「根本」、「主義」、「信條」等意義，是英國紳士最重視的思維法則。

進一步探究其深義，即爲「拒絕從事不正當之事，貫徹信念」。

貫徹信念做出的選擇，有時能助你死裡逃生。

眞是值得牢記深思的人生智慧啊！

如同濃縮咖啡的

「意喻深遠的寓言」

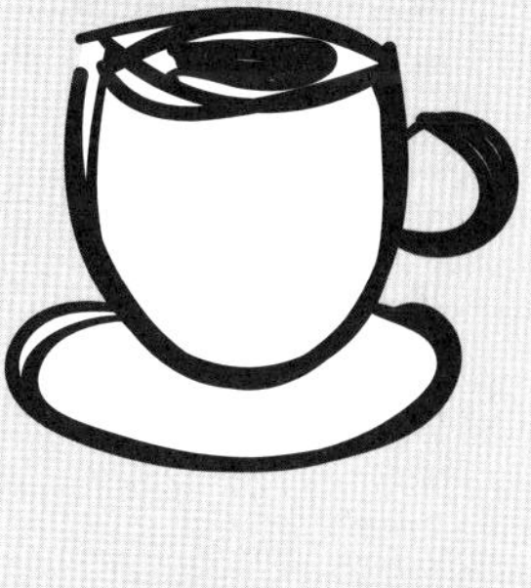

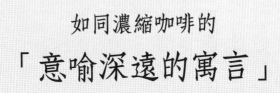

40 直到看不見客戶為止

這是我在日本新橋地區的某間咖啡廳，一邊喝著咖啡、一邊寫稿所發生的故事。

鄰桌坐著兩位不斷交談的人。

一位是精明幹練的職業女性，另一位中年男子像是她的客戶。

我推測應該是保險公司女性業務員，正積極勸說這位男性上班族將保險契約轉移到她的公司。

男子很樂意轉移保單，兩人之間的氣氛非常融洽。

女性業務員花費一段時間說明自家公司的保險內容後，男子提出疑問：「這裡是什麼意思？」

過了一陣子之後，男子站起身：「那就這樣吧！」

看樣子是準備返回公司上班了。

女性業務員也站起來，低頭鞠躬：「眞的非常感謝您！有需要的話，隨時都能爲您服務！」

「嗯，那就拜託你了！」男子隨口回應，大步地走向咖啡廳出口。

女性業務員維持站立姿態，目送男子離去。

由於他們坐在咖啡廳較後方的座位，這位男性客戶需要花費一點時間走到出口。

即使如此，女性業務員依舊全程站立凝視男性客戶的背影。

看見她的姿態，我不禁感慨：「縱使客戶不會回頭，她仍舊堅守禮儀，眞是不簡單。」

就在此時……，當這位男性客戶穿過自動門、走出咖啡廳，自動門在他的背後完全闔上之前——

他回頭了！

女性業務員發現男性客戶轉頭看向自己的那一瞬間，她維持直挺站姿，立刻把握時機再度深深一鞠躬。

看見眼前這幅景象，讓我想起曾讀過一本有關「接待禮儀」的書籍，其中某一章大意如下：

「舉例來說，高級日本料理餐廳接待顧客之後，必須在店門口鞠躬目送顧客離去，直到顧客搭乘的汽車消失在視線範圍之外，才能把頭抬起來。」

我心生疑惑：「爲何要做到這種地步……。」讀到後續說明理由時，便能點頭理解。

「維持低頭鞠躬的姿勢、直到顧客從自己的視線範圍內消失，要這麼做的原因是，最後的最後，仍舊有些顧客會從車子裡轉頭確認接待人員的姿態。」

COFFEE

我在咖啡廳裡目睹的老頭……呃，中年男子，正是此類顧客。

日常中經常可見咖啡廳或家庭式餐廳店員，嘴角上揚、面帶微笑地受理顧客點餐；收拾餐具、或顧客離去後擦拭餐桌時，卻擺出一副世界末日般的不爽臭臉。

我雖然不是愛挑剔的顧客，但看見這些店員的表情時，彷彿窺視到他們不該展現在人前的眞實心聲，連帶被感染了不痛快的感受。

連我都有這種感受。

更何況我目睹的這位客戶，是一位會轉頭確認對方狀態的挑剔主。

假如原本相談甚歡的女性業務員已經自顧自地坐下，面無表情繕打準備發送給公司的電子郵件，說不定之前順利拿下的訂單就要作廢了。

這位女性業務員竟能洞悉一切，直到最後的最後，依舊維持挺立站姿，絲毫不敢鬆懈地目送客戶離去。眞是太高竿啦！

我彷彿在偶然之間，目睹何謂「業務最佳精髓」的典範。

41 腳踏車翻倒在地的時候

一如往常，我在咖啡廳寫稿的某日下午。

我選擇吧檯座位，面向建築物一樓通往咖啡廳的通道。無論是路上行走的人們、或是通道對面的郵局，都能一目瞭然。當我寫得累了，端起咖啡品嘗時，不經意眺望眼前的通道，看見了以下這一幕——

那一天刮著強風，走在路上彷彿隨時會被強風吹倒。強風把停放在對面郵局門口的摩托車給吹倒了，連帶壓倒停放在一旁的腳踏車。

「哎呀呀！」我正在心底驚呼著。此時，一位年輕女性、貌似那台被摩托車壓倒的腳踏車車主，從郵局走了出來。

她一臉傷腦筋地看著自己的腳踏車被摩托車壓倒在地。

想要扶起腳踏車，必須先扶起摩托車，但那對女性而言太重了。

我在咖啡廳目睹這一切。

正當我打算：「這就去幫助她。」時，過沒幾秒鐘，一位年約三十歲左右的男子走上前，幫她一起抬起摩托車。

又過了幾秒鐘，三位揹著大背包、貌似高中生的男孩跑向他們，一起伸出援手。

轉眼之間，四位男性聯手合作，順利地抬起了摩托車，解救出女子的腳踏車。

女子感激地向他們鞠躬致謝（可惜我聽不見她的聲音）。

男子和高中生們紛紛露出「不敢當，別這麼客氣」的表情，隨後離開現場。

我坐在咖啡廳吧檯邊，完整觀賞了這齣日常插曲。

看見這一幕，我不禁自豪地想，日本果眞是個很棒的國家！

以往在電視上播出的落語節目，落語家立川談志大師曾在進入落語主題之前先來一段寒暄閒聊，大意如下：

「這個世界上充斥令人厭惡的新聞。不過呢，這樣也好啦！萬一哪天某個地區的年輕人親切地對其他人做出什麼善行，卻被當作傳奇佳話大肆報導時，這個國家就完蛋啦！壞事被當成新聞來報導反而令人鬆一口氣，表示日本還是個不錯的國家。」

原來如此，大師說得眞有道理！

全體國民都把做好事視爲稀鬆平常，因此新聞不會特地報導，代表這是個很棒的國家。

相反地，在某些國家裡，發現有人無法抬起腳踏車而傷腦筋時，適時伸出援手的人竟然是稀有動物。不僅如此，更誇張的是，有好幾個人假裝出手幫忙，其中一人竟趁機搶奪女子的隨身物品……。

放眼全世界，這種情況似乎更加普遍。

外國觀光客來日本旅遊時，看見有人注意到散落公園各處的空罐子、並逐一撿起後丟進垃圾桶，忍不住驚呼：「喔——！天啊！」

爲何要撿起並非自己製造的垃圾？

況且，打掃公園不是清潔隊員的工作嗎？

是這樣沒錯啦！

我很自豪生長在一個看見旁人有困難、將伸出援手視爲「稀鬆平常」的國家。因此，我希望能貫徹實踐這個國家的「稀鬆平常之事」。

偶然目睹對日本而言的「稀鬆平常景象」，讓我在咖啡廳獨處時，驀然深思起其背後的大道理。

42 向店家借一支筆

您是否曾經在餐廳或咖啡廳，向店員借筆呢？

曾經擔任空服員的七條千惠美，現今是從事專門提供待客相關主題之企業研習與人才培育課程的某企業董事長。她著有《待客的一流、二流、三流》等書。

七條千惠美在某間餐廳（牛排館）用餐，發生了以下故事——

當時她身上沒有攜帶書寫用具，因而向年輕店員詢問：「請問能借我一支筆嗎？」

這位店員對她說：

「那我就借你吧！」

先不討論店員使用敬語的方式，以待客角度來看，七條千惠美認爲這位店員的回答，「還有很大的進步空間」。

七條千惠美作完筆記後，將筆還給店員。沒想到，最後結帳時，一位貌似店長的人竟然開口向她確認：「這位客人，請問那支筆……？」

七條千惠美不禁疑惑地想：「店員特地把借筆給我一事告知店長，爲何卻沒有說明我已經把筆還給他了？」

她表示，儘管能夠理解「未經同意就擅自把筆帶走的無良顧客」對店家造成困擾，但是，「連具有良知的顧客也被店家以過度警戒的態度對待」，就太不恰當了。

那麼，年輕店員將筆借給顧客時，到底該怎麼說才好呢？

您想到了嗎？

七條千惠美指出，只要回答一句話就行了——

「當您使用完畢後，請把筆放在桌上就可以了。」

您認爲如何？

店員如此表示，既不會讓顧客產生「自己被懷疑」的不快感受，也讓顧客省下特意把筆還給店員的動作。

而對店員來說，當顧客起身離開座位，只需瞄一眼餐桌便能知道顧客是否歸還筆，更加輕鬆省事。

不愧是待客專家！

順帶一提，我也曾經一度向咖啡廳借過筆。

我在咖啡廳喝咖啡時，突然腦海裡「啪！」地閃現一句話（印象中是書本的標題），想要趕緊記錄在筆記本中，唯獨那一天我的手提包裡找不到任何書寫用具。

對於腦海裡閃現的靈感或脫口而出的話，假如沒有當場寫下來，我百分之百一定會忘記。

42
向店家借一支筆

正因如此，我往往會在手提包裡的筆袋、手提包的拉鍊夾層，以及上衣的口袋裡，準備總計三支的書寫用具。

即使做到這種地步，偶爾還是會出現身上沒有半支筆的窘境。

「啊——！我竟然忘了帶筆～！」慘叫過後，我趕緊詢問店員：「不好意思，可以借我一支筆嗎？」

幸好這是一間氣氛絕佳的咖啡廳，店員立刻借我一支筆，讓我當場順利記下了靈感。

「請借我一支筆。」

即使如此平凡的情境，只要店家反應得宜，就可以兼顧主客雙方需求。

這就是藉由「靈機一動」創造「皆大歡喜」的局面。

＊本文參考《待客的一流、二流、三流》（《接客の一流、二流、三流》）
七條千惠美著，二〇一八年，日本明日香出版社

43 肚量的差異

每個人「肚量大小」都不盡相同。

瞧，肚量小的人，使用比較小的餐具用餐，像日本辣妹曾根那樣的大胃王，就用大份量的餐具吃飯……。欸，我要說的不是這個肚量啦！我指的是一個人性格當中「肚量的大小」（當然是如此啊！）。

本文就是「肚量」的故事。

從前，在中國漢朝有一位名叫劉邦的武將。就是著名的「項羽與劉邦」的那位劉邦。您應該曾在歷史課本中見過他吧？

43
肚量的差異

這位武將的事蹟實在太多，我只能忍痛割愛簡要說明。

重點是，他是一位以武勇著稱的名將。

劉邦的身邊有一位非常聰明的家臣，名叫韓信。

韓信年輕時受人欺負，忍受「胯下之辱」而避免了不必要的紛爭；在兵力懸殊的戰場上，以「背水一戰」戰術驅使士兵「拚命」作戰取得勝利……。總之，他是一位以機智過人而聞名的軍師。

某一天，這位名將劉邦，與機智的軍師韓信進行了以下的對話。

劉邦：「喂！韓信，你覺得我的肚量到底有多大？」

韓信：「嗯，我想想。陛下的肚量大約能夠率領十萬兵馬。」

劉邦：「哈哈哈！你可眞敢說。那麼你呢？」

韓信：「我的話嘛，無論多少兵馬，我都有辦法駕馭。」

劉邦：「你的意思是，無論再多兵馬都能聽你號令。既然如此，你爲何願意擔任我的部下呢？」

面對劉邦的質問，韓信如此回答：

「陛下只能率領大約十萬兵馬。然而，您有能力統領這些士兵的將軍，您是『將軍中的將軍』，因此我心甘情願投入您的麾下。」

唔——嗯。不愧是機智過人的韓信。

不僅自誇一番，還趁機向劉邦奉承「您和我的肚量氣度完全不同」。

劉邦即使聽到韓信最初冒失地說：「您的肚量只能率領十萬兵馬。」也不動怒，反而笑著揭過這一頁，堪稱有容乃大。

請仔細瞧瞧您身邊的人。

您認爲您的頭頂上司，具有領導多少人的肚量呢？

您公司老闆的肚量，是否堪比「將軍中的將軍」？

您自己又是擁有何種肚量的人物呢？

43
肚量的差異

比起乍看之下驕傲自大的人，向來喜歡開玩笑的人以及平時沉著穩重的人，才是眞正具有大肚量的人。

談起「肚量大小」，您進一步深思後，或許會感嘆：「我的肚量是不是太小了……。」

請別擔心。

性格上的「肚量大小」會隨著經驗累積而逐漸改變。

尤其遇到困難時，正是「擴大肚量」的絕佳機會。

當您面臨試煉，請大聲提醒自己：「這是擴大肚量的機會！」然後，無所畏懼地迎接挑戰吧！

44 即使只是作秀

我的前輩偶爾會說出這種話：「依靠父母的庇蔭眞好，總比沒得依靠還強！」

演藝圈二代經常被指稱是依靠「父母的庇蔭」，這絕對不是正面讚美的詞句。然而，有不少人即使一開始依靠父母的庇蔭出道，經過一番努力後，自己也散發出與父母並駕齊驅的光芒。

舉例來說，日本演員佐藤浩市與中井貴一就是如此，年輕觀眾說不定還不知道他們是演藝圈二代呢！

容我在此轉變話題，世界上還有另一個詞語——「僞善」。

辭典記載的意思是：「並非出自眞心，而是爲了粉飾表面所做的善行。」一般而言，「僞善者」是充滿負面意義的詞語。

44
即使只是作秀

那麼，與「父母的庇蔭」相同，我認爲，「僞善其實也不是一件壞事」。

以最近人氣逐漸回升的日本昭和時代政治家：日本前首相田中角榮爲例。

他的票倉在新潟縣，因選舉時以壓倒性的勝利而聞名。

田中角榮常搭乘宣傳車在選區四處拉票，一旦發現在農田裡耕作的人，即使穿著皮鞋又西裝筆挺，仍舊大喇喇地走進田地裡與農民握手。

如此一來，他的皮鞋和西裝褲在農地裡變得泥濘不堪。尤其是皮鞋，當場就報銷了。田中角榮以一身泥濘的姿態與農民們握手致意後，滿臉笑容返回宣傳車。他在車子裡換上準備好的嶄新西裝褲與皮鞋，朝下一處農田前進，再度毫不遲疑走進農田裡，與農民握手致意……。如此不斷重施故技。

無論是誰看見這一幕，都明白是在作秀。

農民們也都知道這是爲了選票的表演。

然而……，即使明知只是作秀，眼看著對方不惜犧牲皮鞋和西裝走進自己的田地裡，心中依舊充滿感激。

以前讀過的漫畫也有類似的故事。

主角是還在念國中的男孩，一直以來打從心底尊敬對待周遭人們都十分親切的父親。

沒想到的是，偶然在小鎮上認識的怪異男子竟告訴他，他的父親曾在戰爭中犯下不可饒恕的罪過。

從此之後，主角心生疑竇：「難道父親不管對誰都那麼親切，只是爲了掩飾自己過去的罪行所展現出來的僞善嗎？」

直到劇情尾聲。

父親坦承自己過去的罪行並表示：「難道我沒有活下去的權利嗎？到底有誰能審判我的罪過呢？」

聽到父親這番話，主角心想：「即使父親只是爲了粉飾太平而假裝

44
即使只是作秀

好人……，無論他有什麼理由，我們依舊無法抹滅他至今爲止做過的一切好事。」

每當我聽到「僞善」一詞，總會想起許久之前讀過的這一幕漫畫。

無論是僞善展現出的親切，或誠心待人的親切，從行爲來看都是一樣的親切。

對於受到親切對待的人來說，無論哪種都同樣令人感激。

我們做出讓座給老年人等諸如此類的善舉，多少感到有點難爲情。這種時候，只要在心裡想著：「啊，反正我就是個僞善者。」就不會再覺得害羞了喔！

轉念一想，行善更加容易，僞善者讚啦！

正所謂——

「僞善者眞好，總比什麼好事都不做還強！」

45 將描繪在地上的線條縮短的方法

這是很久以前的故事。

這則故事非常有名，您說不定也聽過呢！

在蒙兀兒帝國阿克巴皇帝的身邊，有一位名叫波爾布的弄臣。

波爾布擁有過人智慧，皇帝經常以試探他的機智反應爲樂。

有點像早期動畫《一休和尚》，將軍大人提出各種難題與一休和尚一較高下。

某一天，皇帝在地上畫出一條線來考驗波爾布。

「波爾布，你設法把此線縮短。但是不能消除這條線的任何一部分！」

假如您是波爾布的話，該怎麼做呢？

45
將描繪在地上的線條縮短的方法

面對皇帝存心刁難的考題，波爾布使用某種方法，成功地讓地上的線條「縮短」了！

波爾布到底做了什麼？

請正在咖啡廳享受咖啡的您，一起來動動腦吧！

……

咦？您說：「伸出腳遮蔽線條的一部分？」

不對喔！

……

讓我來揭曉答案吧！

波爾布將描繪在地上的線條縮短的方法，就是——

在那條線的旁邊畫出更長的一條線。

波爾布這麼做之後，現場每個人都覺得原本畫的那條線「變短」了。

波爾布採用的方法就是「比較魔法」。

舉例來說，擁有一千萬元的人與擁有一百億元的人交談後，覺得自己很窮（舉了一個不太現實的例子，眞是不好意思）。

我認識一位王牌級現場銷售員曾這麼說：「人如果欠缺比較的東西，就無法判斷商品到底是貴還是便宜。」

舉個例子，現場銷售「任何東西都能一刀兩斷」的菜刀，售價爲日幣五千圓，顧客卻無法判斷這樣到底是貴還是便宜。

假如現場同時販售一把日幣一萬圓的菜刀，顧客就能立刻斷定：「啊，這把菜刀很値得買。」相反地，倘若與一把日幣兩千圓的菜刀擺在一起銷售，顧客便認定這把五千圓的菜刀「很貴」。同一把五千圓的菜刀，因爲比較物的不同，而讓顧客產生很便宜或很貴的感覺。

房地產仲介向顧客展示房屋，高竿的銷售手法是先展示最便宜的房

holiday
HOLLYS COFFEE
OPEN
24

屋、再展示最貴的房屋，最後才介紹真正想推銷的「中等價位的房屋」，其目的是讓顧客比較各種房價後，「折衷妥協選擇中等價位……」。

將這個理論應用在失敗或忐忑不安的場合，又如何呢？

「雖然跌倒摔斷腿，但沒有傷到頭，真是太幸運了！」或「只是考試落榜，又不是要被砍掉腦袋。」等等……。經常在腦海裡將現況與各種更慘烈的狀況比較，就不會那麼失落或恐懼。

尤其這一句：「只是○○而已，又不是要被砍掉腦袋。」無論面臨任何狀況，都是「強力推薦的比較話術」喔！

＊本文參考《到底該怎麼辦？》（《どうしてかわかる？》）
George Shannon 著，福本友美子譯、Peter Sis 繪，二〇〇五年，日本晶文社

46 織田信長在「桶狹間之戰」給予最高評價的家臣

兩萬人對戰兩千人。

您知道這個數字代表的意義嗎？

這其實是織田信長於「桶狹間之戰」打敗今川義元的雙方兵馬人數。

當然，擁有兩萬兵馬的是今川義元陣營，僅有絕對弱勢兩千兵馬的則是織田信長。

織田信長在兵力懸殊的差距之下逆轉戰況，取得漂亮勝仗。

許多人認爲，是織田信長趁著天降豪雨、今川軍在如同「桶狹間」之名的狹窄窪地休息時，發動突襲而獲勝。

織田信長斷定，在細長狹窄的地形裡，即使對方兵馬數量差距甚大，也難以靈活施展。

這場戰役之後，在戰場上大展身手而獲得織田信長賞識的家臣們之中，評價最高的家臣爲梁田正綱。

您認爲梁田正綱立下了何種戰功？

請動動腦思考一下吧！

咦？

您說：「取得今川義元的首級？」

不對唷！

梁田正綱可是對這場奇蹟般的勝利做出了更大的貢獻呢！

甚至可以說，假如沒有梁田正綱，織田信長根本毫無勝算。

來揭曉謎底吧！

梁田正綱在「桶狹間之戰」立下的戰功，就是——

向織田信長稟報：「今川軍現在正在桶狹間舉行宴會，正是酒酣耳熱之時。」

織田信長接獲此項情報，立刻向今川軍發動突襲。最終取得空前勝利。

今川義元大概作夢也想不到，敵軍竟然在傾盆大雨（另有一說為天降冰雹）之中發動襲擊。

今川陣營方寸大亂，雖有少數士兵守護今川義元，卻反而向織田軍暴露了主帥的所在位置。

這場戰役的重點是，織田信長對於提供珍貴情報的士兵給予了高度評價。

不愧是戰爭天才！

無論古今，打勝戰的關鍵都是「情報」和「先發制人」。

織田信長的過人之處在於，不拘泥於當時的作戰常識，能夠靈活運用如今看來是天時地利人和的「絕佳機會情報」，在豪雨中發動突襲、先發制人。

除此之外，史學家有一派論點則認爲，向今川軍獻上美酒佳餚、促使他們在地形險惡的桶狹間休息飲宴之人，即是僞裝成當地居民、實爲織田信長派出的間諜。

假如此論點爲眞，織田信長就是比今川義元更英明神武的將領了！

＊本文參考《二十來歲應該知道的「運用歷史」的方法》
（《20代で知っておくべき「歴史の使い方」を教えよう》）
千田琢哉著，二〇一七年，日本學研Plus出版

47 海盜的秘密

翻閱某本著作，裡頭記載著以往實際存在的「海盜」出人意料的眞實情況。

就是在童話《彼得潘》登場的虎克船長，以及《金銀島》的西爾弗那樣的海盜。

一般人對於海盜的印象，大概就是攻擊航行於大海中的船隻、搶奪船上財寶，遇到膽敢抵抗者便殺無赦……。總之，就是一群窮凶惡極的壞蛋。

然而，出人意料的是——

專門研究海盜的學者指出，其實他們是一群非常民主的「夥伴」。

首先，船長絕對不是一位獨裁者。

「船上的規則」由全體船員一致決定，展現高度民主精神。

船長無法獨佔財物，近乎平等地分配給每個人。

此外，貢獻卓越之人能獲得額外獎勵，戰鬥中負傷的人只要提出「損傷報告」就能獲得「負傷津貼」，可說是「優良企業」般的組織。

更甚者，美國廢除奴隸制度的一百五十年之前，海盜船上早已沒有「種族歧視」，一般海盜船船員當中，每四人就有一位黑人。

當時商業船船主反而才是專制暴虐的獨裁者，不僅獨占利益，還任意向反抗者施以刑罰。比起商業船，優秀船員更偏好選擇爲海盜船工作。

這種情況宛如漫畫《航海王》的情節。

爲何這樣的海盜會被賦予「窮凶惡極」的形象呢？

箇中緣由，竟然是——

「行銷策略」。

假如航海人員都以爲「海盜是一群窮凶惡極的壞蛋，如果反抗他們，不知道下場會多麼悽慘。」那麼，海盜的工作就輕鬆多了。一旦形成既定印象，每當海盜攻擊船隻，往往不必開火交戰，只要讓對方心生恐懼：「如果起身反抗，可能會被殺掉。」就會立刻投降。海盜便能以效率更高、更安全的方式來搬運財物。

因此，海盜故意塑造「咱們海盜都是一群野蠻危險分子」的形象。也就是說，這是海盜們從行銷策略角度、經過深思熟慮後，制定出的「品牌形象」。

此法恰好實踐了孫子兵法所探討之「最佳獲勝方式」當中的「不戰而勝」！

儘管這些話聽起來像天方夜譚，有些研究學者甚至提出：「海盜對全體船員制定十分嚴謹的秩序，彼此之間具有緊密合作關係，是歷史上非常成熟且成功的犯罪集團。」

當然咯，海盜的行爲本質爲「掠奪」，絕對不是值得表揚的團體。

然而，對於少數船員來說，卻是如魚得水的歸宿。

用現代的話來說，「員工滿意度讚不絕口」。

「海盜」長達兩百年以上的歷史之中，竟然隱藏這樣的秘密！

＊本文參考《成功不再跌跌撞撞》

艾瑞克・巴克（Eric Barker）著，二〇一八年，天下文化

48 達摩祖師對苦惱中的弟子說的話

來猜謎吧！

當您感到忐忑不安時，會向您眨眼安慰「別擔心喲！」的紅色物品會是什麼？

猜到了嗎？您一定能立刻回答。

沒錯。

謎底就是「達摩不倒翁」。

也就是在考試放榜前的緊張時刻，只會先畫上一隻眼睛，用眨眼似的表情為考生加油打氣的那個不倒翁。

眾所周知，這個不倒翁的形象是源自將禪宗傳入中國的印度傳教僧侶——達摩祖師，取自他穿著紅色袈裟，面向牆壁長達九年的坐禪模樣（不倒翁沒有手腳的原因，來自於長達九年坐禪導致手腳都腐爛的傳說，眞恐怖……）。

某一天，達摩祖師的一位弟子向他訴說煩惱：「師父，請您聽我說。我對一切事物感到坐立難安。我該如何消除不安的感覺呢？」

達摩祖師聽聞，不慌不忙地回答：「嗯，我知道了。那麼，我來消除你的不安吧！你現在就把那份不安拿出來。」

弟子聽到師父這麼說，雖然努力地想把「自己的不安」當場拿出來，但是，無論如何也辦不到。

耗費一番功夫後，弟子舉手投降：「師父……，不行吶！根本沒辦法把不安的心掏出來……。」

達摩祖師聽到這句話，便說：

「**這就對了，不安原本即是無影無形之物**。」

哇～達摩祖師太帥氣啦！

假如我是那位弟子的話，大概會大喊：「師～父！」然後緊緊抱住他吧！

我們周遭經常可見，即使面對相同的生活，有人快樂度過每一天，也有人對未來感到不安而抑鬱過日子。

我也曾經歷過一段時期，對未來感到不安而悶悶不樂（這是眞的，我沒胡說）。

不過呢，最近我也能轉念思考：「世界上的一切，最終都將盡人事，聽天命。」

即使現在身陷進退兩難的情況，隨著時光推進，最後一定會「打破僵局」。

因此，無論再怎麼走投無路，都還留有一手最強後路，那就是：「逃避現實」。

放下羞恥心，別在意外界眼光，逃避現實也沒關係。

只要想到還有這條後路，您是否感覺心裡的負擔稍微輕鬆一點了呢？

總而言之，對未來的不安，幾乎都不是眼前的現實情況。

一切都是妄想罷了。

請您試著想像將這些念頭塞進一個箱子，再點燃定時炸彈的引信，

把它們炸個粉碎吧！

如此一來，達摩祖師所說的「原本即是不存在之物」都將消散無蹤。

我們活在當今世界裡，根本無從得知三年後的未來將是何種模樣。

無論如何絞盡腦汁，也無法準確預測未來。

滿腦子想著令人惴惴不安的未來，只是爲難自己罷了。

49 美意的安排

您聽過「美意的安排」這則寓言故事嗎？

故事標題「美意的安排」，意思是「一切都是神的旨意」。

這個故事有許多版本，我就大略說明吧！

很久以前，某個小國的年輕國王有一位家臣。

這位家臣的口頭禪是：「一切都是上天的美意安排。」

國王非常信賴能幹的家臣，兩人一向是如影隨形。

某一天，兩人一如往常，一起出門獵老虎。國王擊倒了一隻兇猛猙獰的老虎。

然而，老虎並沒有死透，反而吃掉了國王的小指。

返回途中，國王不斷抱怨：「今天眞倒楣。」

家臣聽了，一如往常說：「陛下，這也是美意的安排。」

國王聽到這句話，頓時火冒三丈：「照你這麼說，假如我一怒之下殺了你，也是美意的安排嗎？」

「是的，陛下。這也是美意的安排。」

家臣自信滿滿回答的模樣，讓國王更加怒火中燒。回到都城後，國王立刻將家臣關入大牢。

數日後。

獨自一人外出狩獵的國王迷了路，闖入危險野蠻人居住的地區。野蠻人抓住國王，準備將他當作獻給神明的神聖祭品。

國王即將被獻祭之前——

野蠻人赫然發現國王缺失了一隻小指。

野蠻人認爲「不淨之人無法作爲祭品」，因而釋放了國王。

美意的安排

撿回一命的國王好不容易回到都城，立刻直奔囚禁家臣的牢房，把今天發生的事情告訴他。

「正如你所說，我失去小指果然是美意的安排，請原諒我！」

「陛下，請您別在意。陛下將我關進牢房，也是美意的安排。」

「怎麼回事？」

「假如您沒有把我關進牢房，我今天就會與您一同狩獵。那麼，只有我被當成祭品。因此，這一切都是美意的安排。」

您認爲呢？

這則寓言非常類似「塞翁失馬，焉知非福」的故事。兩者共同點皆在於提醒世人：「即使乍看之下是一樁壞事，也有可能朝著好的方向發展，因此無須太過煩惱。」

我也曾經歷過畢業後任職了二十年以上的公司倒閉，也因爲這個契機，如今轉職爲出版著作的作家。

此外，我還有許多經驗是：一開始會驚呼「欸——是騙人的吧！」後續回顧卻發現「其實是好事耶！」所以，此則寓言讓我感到心有戚戚焉。

當您遭遇「眞倒楣……」的時刻，請您回想這則「美意的安排」寓言吧。

無論發生多麼糟心的事，**只要想著**「**這是好運來臨的前兆**」，**就能將結局導向**「**美好的未來**」。

50 獻給「自責不已」的你

爲什麼要責備自己呢？
必要的時候，就會收到來自其他人的責備，這就夠了。

這句話出自於德國物理學家，阿爾伯特·愛因斯坦。

我很喜歡這句話。
愛因斯坦的本意並非「憑自己的喜好任意行事」。
假如是憑著自己的喜好任意行事而對其他人造成困擾，本來就會引起周遭人們的反感。
這句話要強調的意思是，明明沒有對任何人造成困擾，卻自認爲

「自己很沒用」「爲何自己老是這麼差勁」，如此獨自悶悶不樂、煩惱的行爲實在毫無意義。

即使明白這個道理，卻常常忍不住責備自己。

以下這則故事，獻給擁有這般苦惱的您。

身兼日本企業家與作家的山崎拓巳，曾與藏傳佛教僧侶共同舉行座談會。

參加座談會的一位年輕觀眾，提出了以下疑問：

「雖然我一開始做事時充滿幹勁，卻始終無法持續，於是就會不斷責備這樣的自己。請問此時該怎麼辦才好呢？」

僧侶的回答讓山崎拓巳感動不已。

藏傳佛教的高僧說：

「傳言道，在這個地球上大約有二成的人口與你一樣，抱持著自責的感覺。然而，我認爲這樣的人應該不只二成，而是三成。

「七十四億（座談會當時的世界人口）的三成，也就是超過二十一億人正處於這樣的心理狀態。

「從今往後，當您再度感到自責時，請您不妨試著祈禱，讓世界上抱持相同感受的人能逐漸獲得救贖。

「我認爲，即使時間不長，但在您祈禱期間，您就不會碰觸到自己內心的幽暗之處。」

內心虔誠爲某人祈禱，就能忘卻自己的煩惱。

我等凡人果眞無法想到這種觀念。

某位演員曾遭遇不幸事件，導致無法工作。

爲了反省，他展開了一趟巡禮，朝拜弘法大師（也就是空海和尚）

曾踏足的「四國八十八箇所」❶。

他以朝聖者的姿態，徒步進行這趟巡禮。赫然發現，他在每一處箇所合掌行禮時，都不是爲了自己、而是一心爲他人祈禱。

「祈求保佑某某人身體健康」「祈求保佑某某人幸福快樂」。

此時他才初次察覺，自己一直以來都受到周遭人們的眷顧。

「**利他**」精神，**其實是救贖自己**。

高僧給予年輕人的回答。

實乃意義深遠哪！

＊本文參考《連卡內基也佩服的七堂超溫暖說話課》

山崎拓巳著，二〇一八年，大樂文化

❶四國八十八箇所，是對日本四國島境內八十八處與弘法大師有淵源的寺院、聖地之合稱，也簡稱八十八箇所或稱四國靈場。巡拜四國八十八箇所則稱為「四國遍路」或「四國巡禮」。（資料來源：維基百科）

【後記】
要來杯茶或咖啡嗎？

西澤泰生

非常感謝您閱讀到最後！
最後請您再聽我說幾句話。

禪宗裡有一個詞語，「喫茶去」。

特別強調最後的「去」字。
也就是說，「喫茶去」意味著「啊，要喝杯茶嗎？」
這或許是禪宗諸多詞語當中，最「自在隨興的詞語」。

綜觀古今東西。

綠茶、烏龍茶、咖啡、紅茶、瑪黛茶等等，即使每種茶或咖啡的飲用方式各不相同，但「品茶／咖啡時刻」的共同點都是讓人有「呼～」般鬆一口氣、能稍作喘息的時光。

傳聞視品茶／咖啡時刻如命的英國人，即使在戰爭中也無法省略喝茶或咖啡的時間。

看來，讓人「呼～」地放鬆喘息的時光比任何事情都更重要！

忙碌的每一天裡，「休息」也是非常重要的工作之一。

請您務必停下腳步喘口氣，送給自己一段放鬆充電的時光吧！

本書若能成爲您重要休閒時刻的「品茶／咖啡良伴」，就是我最大的喜悅了！

主要參考資料❶

《以科學方法提升精力大全》（《科学的に元気になる方法集めました》），堀田秀吾著，二〇一七年，日本文響社。

《經營之神的初心》，松下幸之助著，二〇一五年，春光出版。

《低潮時更要「慎言」》（《ダメなときほど「言葉」を磨こう》），萩本欽一著，二〇一七年，日本集英社。

《與時代開玩笑的男人》（《時代とフザケた男》），小松政夫著，二〇一七年，日本扶桑社。

《比天才妙老爹更呆的老爸》（《バカボンのパパよりバカなパパ》），赤塚理惠子著，二〇一五年，日本幻冬社。

《笑福亭鶴瓶論》，戶部田誠著，二〇一七年，日本新潮社。

《逗外國人發笑！（第三版）》（《外国人を笑わせろ！第3版》），宮原盛也著，二〇一六年，日本 Data House 出版。

《逗掌門人發笑》（《家元を笑わせろ》），立川談志著，一九九九年，日本 DHC 出版）。

❶以下依照章節順序排列。

《我知道你在想什麼》，托爾斯登·哈芬納（Thorsten Havener）著，二〇一三年，平安文化。

《被嘲笑的勇氣》（《笑われる勇気》），蛭子能收著，二〇一七年，日本光文社。

《林家木久扇笨蛋天才全集》（《林家木久扇バカの天才まくら集》），林家木久扇著，二〇一八年，日本竹書房文庫。

《跳出舒適區，年薪自己訂》，苫米地英人著，二〇一一年，智富出版。

《待客的一流、二流、三流》（《接客の一流、二流、三流》），七條千惠美著，二〇一八年，日本明日香出版社。

《到底該怎麼辦?》(《どうしてかわかる?》),George Shannon著,福本友美子譯、Peter Sis繪,二〇〇五年,日本晶文社。

《二十來歲應該知道的「運用歷史」的方法》(《20代で知っておくべき「歴史の使い方」を教えよう》),千田琢哉著,二〇一七年,日本學研Plus出版。

《成功不再跌跌撞撞》,艾瑞克·巴克(Eric Barker著),二〇一八年,天下文化。

《連卡內基也佩服的七堂超溫暖說話課》,山崎拓巳著,二〇一八年,大樂文化。

橡樹林文化 ❖❖ 眾生系列 ❖❖ 書目

JP0001	大寶法王傳奇	何謹◎著	200 元
JP0002X	當和尚遇到鑽石（增訂版）	麥可・羅區格西◎著	360 元
JP0003X	尋找上師	陳念萱◎著	200 元
JP0004	祈福 DIY	蔡春娉◎著	250 元
JP0006	遇見巴伽活佛	溫普林◎著	280 元
JP0009	當吉他手遇見禪	菲利浦・利夫・須藤◎著	220 元
JP0010	當牛仔褲遇見佛陀	蘇密・隆敦◎著	250 元
JP0011	心念的賽局	約瑟夫・帕蘭特◎著	250 元
JP0012	佛陀的女兒	艾美・史密特◎著	220 元
JP0013	師父笑呵呵	麻生佳花◎著	220 元
JP0014	菜鳥沙彌變高僧	盛宗永興◎著	220 元
JP0015	不要綁架自己	雪倫・薩爾茲堡◎著	240 元
JP0016	佛法帶著走	佛朗茲・梅蓋弗◎著	220 元
JP0018C	西藏心瑜伽	麥可・羅區格西◎著	250 元
JP0019	五智喇嘛彌伴傳奇	亞歷珊卓・大衛一尼爾◎著	280 元
JP0020	禪　兩刃相交	林谷芳◎著	260 元
JP0021	正念瑜伽	法蘭克・裘德・巴奇歐◎著	399 元
JP0022	原諒的禪修	傑克・康菲爾德◎著	250 元
JP0023	佛經語言初探	竺家寧◎著	280 元
JP0024	達賴喇嘛禪思 365	達賴喇嘛◎著	330 元
JP0025	佛教一本通	蓋瑞・賈許◎著	499 元
JP0026	星際大戰・佛部曲	馬修・波特林◎著	250 元
JP0027	全然接受這樣的我	塔拉・布萊克◎著	330 元
JP0028	寫給媽媽的佛法書	莎拉・娜塔莉◎著	300 元
JP0029	史上最大佛教護法一阿育王傳	德干汪莫◎著	230 元
JP0030	我想知道什麼是佛法	圖丹・卻淮◎著	280 元
JP0031	優雅的離去	蘇希拉・布萊克曼◎著	240 元
JP0032	另一種關係	滿亞法師◎著	250 元
JP0033	當禪師變成企業主	馬可・雷瑟◎著	320 元
JP0034	智慧 81	偉恩・戴爾博士◎著	380 元
JP0035	覺悟之眼看起落人生	金菩提禪師◎著	260 元
JP0036	貓咪塔羅算自己	陳念萱◎著	520 元
JP0037	聲音的治療力量	詹姆斯・唐傑婁◎著	280 元
JP0038	手術刀與靈魂	艾倫・翰彌頓◎著	320 元
JP0039	作為上師的妻子	黛安娜・J・木克坡◎著	450 元

JP0040	狐狸與白兔道晚安之處	庫特・約斯特勒◎著	280 元
JP0041	從心靈到細胞的療癒	喬思・慧麗・赫克◎著	260 元
JP0042	27% 的獲利奇蹟	蓋瑞・賀許伯格◎著	320 元
JP0043	你用對專注力了嗎？	萊斯・斐米博士◎著	280 元
JP0044	我心是金佛	大行大禪師◎著	280 元
JP0045	當和尚遇到鑽石 2	麥可・羅區格西◎等著	280 元
JP0046	雪域求法記	邢肅芝（洛桑珍珠）◎口述	420 元
JP0047	你的心是否也住著一隻黑狗？	馬修・約翰史東◎著	260 元
JP0048	西藏禪修書	克莉絲蒂・麥娜麗喇嘛◎著	300 元
JP0049	西藏心瑜伽 2	克莉絲蒂・麥娜麗喇嘛◎等著	300 元
JP0050	創作，是心靈療癒的旅程	茱莉亞・卡麥隆◎著	350 元
JP0051	擁抱黑狗	馬修・約翰史東◎著	280 元
JP0052	還在找藉口嗎？	偉恩・戴爾博士◎著	320 元
JP0053	愛情的吸引力法則	艾莉兒・福特◎著	280 元
JP0054	幸福的雪域宅男	原人◎著	350 元
JP0055	貓馬麻	阿義◎著	350 元
JP0056	看不見的人	中沢新一◎著	300 元
JP0057	內觀瑜伽	莎拉・鮑爾斯◎著	380 元
JP0058	29 個禮物	卡蜜・沃克◎著	300 元
JP0059	花仙療癒占卜卡	張元貞◎著	799 元
JP0060	與靈共存	詹姆斯・范普拉◎著	300 元
JP0061	我的巧克力人生	吳佩容◎著	300 元
JP0062	這樣玩，讓孩子更專注、更靈性	蘇珊・凱瑟・葛凌蘭◎著	350 元
JP0063	達賴喇嘛送給父母的幸福教養書	安娜・芭蓓蔻爾・史蒂文・李斯◎著	280 元
JP0064	我還沒準備說再見	布蕾克・諾爾&帕蜜拉・D・布萊爾◎著	380 元
JP0065	記憶人人 hold 得住	喬許・佛爾◎著	360 元
JP0066	菩曼仁波切	林建成◎著	320 元
JP0067	下面那裡怎麼了？	莉莎・瑞金◎著	400 元
JP0068	極密聖境・仰桑貝瑪貴	邱常梵◎著	450 元
JP0069	停心	釋心道◎著	380 元
JP0070	聞盡	釋心道◎著	380 元
JP0071	如果你對現況感到倦怠……	威廉・懷克羅◎著	300 元
JP0072	希望之翼： 倖存的奇蹟，以及雨林與我的故事	茱莉安・柯普科◎著	380 元
JP0073	我的人生療癒旅程	鄧嚴◎著	260 元
JP0074	因果，怎麼一回事？	釋見介◎著	240 元
JP0075	皮克斯動畫師之紙上動畫《羅摩衍那》	桑傑・帕特爾◎著	720 元
JP0076	寫，就對了！	茱莉亞・卡麥隆◎著	380 元

JP0077	願力的財富	釋心道◎著	380 元
JP0078	當佛陀走進酒吧	羅卓・林茲勒◎著	350 元
JP0079	人聲，奇蹟的治癒力	伊凡・德・布奧恩◎著	380 元
JP0080	當和尚遇到鑽石 3	麥可・羅區格西◎著	400 元
JP0081	AKASH 阿喀許靜心 100	AKASH 阿喀許◎著	400 元
JP0082	世上是不是有神仙：生命與疾病的真相	樊馨蔓◎著	300 元
JP0083	生命不僅僅如此—辟穀記（上）	樊馨蔓◎著	320 元
JP0084	生命可以如此—辟穀記（下）	樊馨蔓◎著	420 元
JP0085	讓情緒自由	茱迪斯・歐洛芙◎著	420 元
JP0086	別癌無恙	李九如◎著	360 元
JP0087	甚麼樣的業力輪迴，造就現在的你	芭芭拉・馬丁＆狄米崔・莫瑞提斯◎著	420 元
JP0088	我也有聰明數學腦：15 堂課激發被隱藏的競爭力	盧采嫻◎著	280 元
JP0089	與動物朋友心傳心	羅西娜・瑪利亞・阿爾克蒂◎著	320 元
JP0090	法國清新舒壓著色畫 50：繽紛花園	伊莎貝爾・熱志－梅納＆紀絲蘭・史朵哈＆克萊兒・摩荷爾－法帝歐◎著	350 元
JP0091	法國清新舒壓著色畫 50：療癒曼陀羅	伊莎貝爾・熱志－梅納＆紀絲蘭・史朵哈＆克萊兒・摩荷爾－法帝歐◎著	350 元
JP0092	風是我的母親	熊心、茉莉・拉肯◎著	350 元
JP0093	法國清新舒壓著色畫 50：幸福懷舊	伊莎貝爾・熱志－梅納＆紀絲蘭・史朵哈＆克萊兒・摩荷爾－法帝歐◎著	350 元
JP0094	走過倉央嘉措的傳奇：尋訪六世達賴喇嘛的童年和晚年，解開情詩活佛的生死之謎	邱常梵◎著	450 元
JP0095	【當和尚遇到鑽石 4】愛的業力法則：西藏的古老智慧，讓愛情心想事成	麥可・羅區格西◎著	450 元
JP0096	媽媽的公主病：活在母親陰影中的女兒，如何走出自我？	凱莉爾・麥克布萊德博士◎著	380 元
JP0097	法國清新舒壓著色畫 50：璀璨伊斯蘭	伊莎貝爾・熱志－梅納＆紀絲蘭・史朵哈＆克萊兒・摩荷爾－法帝歐◎著	350 元
JP0098	最美好的都在此刻：53 個創意、幽默、找回微笑生活的正念練習	珍・邱禪・貝斯醫生◎著	350 元
JP0099	愛，從呼吸開始吧！回到當下、讓心輕安的禪修之道	釋果峻◎著	300 元
JP0100	能量曼陀羅：彩繪內在寧靜小宇宙	保羅・霍伊斯坦、狄蒂・羅恩◎著	380 元
JP0101	爸媽何必太正經！幽默溝通，讓孩子正向、積極、有力量	南琦◎著	300 元
JP0102	舍利子，是甚麼？	洪宏◎著	320 元
JP0103	我隨上師轉山：蓮師聖地溯源朝聖	邱常梵◎著	460 元
JP0104	光之手：人體能量場療癒全書	芭芭拉・安・布藍能◎著	899 元

JP0105	在悲傷中還有光： 失去珍愛的人事物，找回重新聯結的希望	尾角光美◎著	300 元
JP0106	法國清新舒壓著色畫 45：海底嘉年華	小姐們◎著	360 元
JP0108	用「自主學習」來翻轉教育！ 沒有課表、沒有分數的瑟谷學校	丹尼爾．格林伯格◎著	300 元
JP0109	Soppy 愛賴在一起	菲莉帕．賴斯◎著	300 元
JP0110	我嫁到不丹的幸福生活：一段愛與冒險的故事	琳達．黎明◎著	350 元
JP0111	TTouch® 神奇的毛小孩按摩術——狗狗篇	琳達．泰林頓瓊斯博士◎著	320 元
JP0112	戀瑜伽．愛素食：覺醒，從愛與不傷害開始	莎朗．嘉儂◎著	320 元
JP0113	TTouch® 神奇的毛小孩按摩術——貓貓篇	琳達．泰林頓瓊斯博士◎著	320 元
JP0114	給禪修者與久坐者的痠痛舒緩瑜伽	琴恩．厄爾邦◎著	380 元
JP0115	純植物．全食物：超過百道零壓力蔬食食譜， 找回美好食物真滋味，心情、氣色閃亮亮	安潔拉．立頓◎著	680 元
JP0116	一碗粥的修行： 從禪宗的飲食精神，體悟生命智慧的豐盛美好	吉村昇洋◎著	300 元
JP0117	綻放如花——巴哈花精靈性成長的教導	史岱方．波爾◎著	380 元
JP0118	貓星人的華麗狂想	馬喬．莎娜◎著	350 元
JP0119	直面生死的告白—— 一位曹洞宗禪師的出家緣由與說法	南直哉◎著	350 元
JP0120	OPEN MIND！房樹人繪畫心理學	一沙◎著	300 元
JP0121	不安的智慧	艾倫．W．沃茨◎著	280 元
JP0122	寫給媽媽的佛法書： 不煩不憂照顧好自己與孩子	莎拉．娜塔莉◎著	320 元
JP0123	當和尚遇到鑽石 5：修行者的祕密花園	麥可．羅區格西◎著	320 元
JP0124	貓熊好療癒：這些年我們一起追的圓仔～～ 頭號「圓粉」私密日記大公開！	周咪咪◎著	340 元
JP0125	用血清素與眼淚消解壓力	有田秀穗◎著	300 元
JP0126	當勵志不再有效	金木水◎著	320 元
JP0127	特殊兒童瑜伽	索妮亞．蘇瑪◎著	380 元
JP0128	108 大拜式	JOYCE（翁憶珍）◎著	380 元
JP0129	修道士與商人的傳奇故事： 經商中的每件事都是神聖之事	特里．費爾伯◎著	320 元
JP0130	靈氣實用手位法—— 西式靈氣系統創始者林忠次郎的療癒技術	林忠次郎、山口忠夫、 法蘭克．阿加伐．彼得◎著	450 元
JP0131	你所不知道的養生迷思——治其病要先明其 因，破解那些你還在信以為真的健康偏見！	曾培傑、陳創濤◎著	450 元
JP0132	貓僧人：有什麼好煩惱的喵～	御誕生寺（ごたんじょうじ）◎著	320 元
JP0133	昆達里尼瑜伽——永恆的力量之流	莎克蒂．帕瓦．考爾．卡爾薩◎著	599 元

JP0134	尋找第二佛陀．良美大師——探訪西藏象雄文化之旅	寧艷娟◎著	450 元
JP0135	聲音的治療力量：修復身心健康的咒語、唱誦與種子音	詹姆斯．唐傑婁◎著	300 元
JP0136	一大事因緣：韓國頂峰無無禪師的不二慈悲與智慧開示（特別收錄禪師台灣行腳對談）	頂峰無無禪師、天真法師、玄玄法師◎著	380 元
JP0137	運勢決定人生——執業 50 年、見識上萬客戶資深律師告訴你翻轉命運的智慧心法	西中　務◎著	350 元
JP0138	心靈花園：祝福、療癒、能量——七十二幅滋養靈性的神聖藝術	費絲．諾頓◎著	450 元
JP0139	我還記得前世	凱西．伯德◎著	360 元
JP0140	我走過一趟地獄	山姆．博秋茲◎著 貝瑪．南卓．泰耶◎繪	699 元
JP0141	寇斯的修行故事	莉迪．布格◎著	300 元
JP0142	全然接受這樣的我：18 個放下憂慮的禪修練習	塔拉．布萊克◎著	360 元
JP0143	如果用心去愛，必然經歷悲傷	喬安．凱恰托蕊◎著	380 元
JP0144	媽媽的公主病：活在母親陰影中的女兒，如何走出自我？	凱莉爾．麥克布萊德博士◎著	380 元
JP0145	創作，是心靈療癒的旅程	茱莉亞．卡麥隆◎著	380 元
JP0146	一行禪師　與孩子一起做的正念練習：灌溉生命的智慧種子	一行禪師◎著	450 元
JP0147	達賴喇嘛的御醫，告訴你治病在心的藏醫學智慧	益西．東登◎著	380 元
JP0148	39 本戶口名簿：從「命運」到「運命」．用生命彩筆畫出不凡人生	謝秀英◎著	320 元
JP0149	禪心禪意	釋果峻◎著	300 元
JP0150	當孩子長大卻不「成人」……接受孩子不如期望的事實、放下身為父母的自責與內疚，重拾自己的中老後人生！	珍．亞當斯博士◎著	380 元
JP0151	不只小確幸，還要小確「善」！每天做一點點好事，溫暖別人，更為自己帶來 365 天全年無休的好運！	奧莉．瓦巴◎著	460 元
JP0154	祖先療癒：連結先人的愛與智慧，解決個人、家庭的生命困境，活出無數世代的美好富足！	丹尼爾．佛爾◎著	550 元
JP0155	母愛的傷也有痊癒力量：說出台灣女兒們的心裡話，讓母女關係可以有解！	南琦◎著	350 元
JP0156	24 節氣　供花禮佛	齊云◎著	550 元

JP0157	用瑜伽療癒創傷：以身體的動靜，拯救無聲哭泣的心	大衛・艾默森 伊麗莎白・賀伯 ◎著	380 元
JP0158	命案現場清潔師：跨越生與死的斷捨離・清掃死亡最前線的真實記錄	盧拉拉◎著	330 元
JP0159	我很瞎，我是小米酒：台灣第一隻全盲狗醫生的勵志犬生	杜韻如◎著	350 元
JP0160	日本神諭占卜卡：來自眾神、精靈、生命與大地的訊息	大野百合子◎著	799 元
JP0161	宇宙靈訊之神展開	王育惠、張景雯◎著繪	380 元
JP0162	哈佛醫學專家的老年慢療八階段：用三十年照顧老大人的經驗告訴你，如何以個人化的照護與支持，陪伴父母長者的晚年旅程。	丹尼斯・麥卡洛◎著	450 元
JP0163	入流亡所：聽一聽・悟、修、證《楞嚴經》	頂峰無無禪師◎著	350 元
JP0165	海奧華預言：第九級星球的九日旅程・奇幻不思議的真實見聞	米歇・戴斯馬克特◎著	400 元
JP0166	希塔療癒：世界最強的能量療法	維安娜・斯蒂博◎著	620 元
JP0167	亞尼克　味蕾的幸福：從切片蛋糕到生乳捲的二十年品牌之路	吳宗恩◎著	380 元
JP0168	老鷹的羽毛——一個文化人類學者的靈性之旅	許麗玲◎著	380 元
JP0169	光之手 2：光之顯現——個人療癒之旅・來自人體能量場的核心訊息	芭芭拉・安・布藍能◎著	1200 元
JP0170	渴望的力量：成功者的致富金鑰・《思考致富》特別金賺祕訣	拿破崙・希爾◎著	350 元
JP0171	救命新 C 望：維生素 C 是最好的藥，預防、治療與逆轉健康危機的秘密大公開！	丁陳漢蓀、阮建如◎著	450 元
JP0172	瑜伽中的能量精微體：結合古老智慧與人體解剖、深度探索全身的奧秘潛能，喚醒靈性純粹光芒！	提亞斯・里托◎著	560 元
JP0173	咫尺到淨土：狂智喇嘛督修・林巴尋訪聖境的真實故事	湯瑪士・K・修爾◎著	540 元
JP0174	請問財富・無極瑤池金母親傳財富心法：為你解開貧窮困頓、喚醒靈魂的富足意識！	宇色 Osel ◎著	480 元

橡樹林文化 ❖❖ 善知識系列 ❖❖ 書目

JB0083	藏傳密續的真相	圖敦．耶喜喇嘛◎著	300 元
JB0084	鮮活的覺性	堪千創古仁波切◎著	350 元
JB0085	本智光照	遍智　吉美林巴◎著	380 元
JB0086	普賢王如來祈願文	竹慶本樂仁波切◎著	320 元
JB0087	禪林風雨	果煜法師◎著	360 元
JB0088	不依執修之佛果	敦珠林巴◎著	320 元
JB0089	本智光照一功德寶藏論　密宗分講記	遍智　吉美林巴◎著	340 元
JB0090	三主要道論	堪布慈囊仁波切◎講解	280 元
JB0091	千手千眼觀音齋戒一紐涅的修持法	汪遷仁波切◎著	400 元
JB0092	回到家，我看見真心	一行禪師◎著	220 元
JB0093	愛對了	一行禪師◎著	260 元
JB0094	追求幸福的開始：薩迦法王教你如何修行	尊勝的薩迦法王◎著	300 元
JB0095	次第花開	希阿榮博堪布◎著	350 元
JB0096	楞嚴貫心	果煜法師◎著	380 元
JB0097	心安了，路就開了： 讓《佛說四十二章經》成為你人生的指引	釋悟因◎著	320 元
JB0098	修行不入迷宮	札丘傑仁波切◎著	320 元
JB0099	看自己的心，比看電影精彩	圖敦．耶喜喇嘛◎著	280 元
JB0100	自性光明——法界寶庫論	大遍智　龍欽巴尊者◎著	480 元
JB0101	穿透《心經》：原來，你以為的只是假象	柳道成法師◎著	380 元
JB0102	直顯心之奧秘：大圓滿無二性的殊勝口訣	祖古貝瑪．里沙仁波切◎著	500 元
JB0103	一行禪師講《金剛經》	一行禪師◎著	320 元
JB0104	金錢與權力能帶給你什麼？ 一行禪師談生命真正的快樂	一行禪師◎著	300 元
JB0105	一行禪師談正念工作的奇蹟	一行禪師◎著	280 元
JB0106	大圓滿如幻休息論	大遍智　龍欽巴尊者◎著	320 元
JB0107	覺悟者的臨終贈言：《定日百法》	帕當巴桑傑大師◎著 堪布慈囊仁波切◎講述	300 元
JB0108	放過自己：揭開我執的騙局，找回心的自在	圖敦．耶喜喇嘛◎著	280 元
JB0109	快樂來自心	喇嘛梭巴仁波切◎著	280 元
JB0110	正覺之道．佛子行廣釋	根讓仁波切◎著	550 元
JB0111	中觀勝義諦	果煜法師◎著	500 元

JB0112	觀修藥師佛——祈請藥師佛，能解決你的困頓不安，感受身心療癒的奇蹟	堪千創古仁波切◎著	450 元
JB0113	與阿姜查共處的歲月	保羅．布里特◎著	300 元
JB0114	正念的四個練習	喜戒禪師◎著	300 元
JB0115	揭開身心的奧秘：阿毗達摩怎麼說？	善戒禪師◎著	420 元
JB0116	一行禪師講《阿彌陀經》	一行禪師◎著	260 元
JB0117	一生吉祥的三十八個祕訣	四明智廣◎著	350 元
JB0118	狂智	邱陽創巴仁波切◎著	380 元
JB0119	療癒身心的十種想——兼行「止禪」與「觀禪」的實用指引，醫治無明、洞見無常的妙方	德寶法師◎著	320 元
JB0120	覺醒的明光	堪祖蘇南給稱仁波切◎著	350 元
JB0121	大圓滿禪定休息論	大遍智　龍欽巴尊者◎著	320 元
JB0122	正念的奇蹟（電影封面紀念版）	一行禪師◎著	250 元
JB0123	一行禪師　心如一畝田：唯識 50 頌	一行禪師◎著	360 元
JB0124	一行禪師　你可以不生氣：佛陀的情緒處方	一行禪師◎著	250 元
JB0125	三句擊要：以三句口訣直指大圓滿見地、觀修與行持	巴珠仁波切◎著	300 元
JB0126	六妙門：禪修入門與進階	果煜法師◎著	360 元
JB0127	生死的幻覺	白瑪桑格仁波切◎著	380 元
JB0128	狂野的覺醒	竹慶本樂仁波切◎著	400 元
JB0129	禪修心經——萬物顯現，卻不真實存在	堪祖蘇南給稱仁波切◎著	350 元
JB0130	頂果欽哲法王：《上師相應法》	頂果欽哲法王◎著	320 元
JB0131	大手印之心：噶舉傳承上師心要教授	堪千創古仁切波◎著	500 元
JB0132	平心靜氣：達賴喇嘛講《入菩薩行論》〈安忍品〉	達賴喇嘛◎著	380 元
JB0133	念住內觀：以直觀智解脫心	班迪達尊者◎著	380 元
JB0134	除障積福最強大之法——山淨煙供	堪祖蘇南給稱仁波切◎著	350 元
JB0135	撥雲見月：禪修與祖師悟道故事	確吉．尼瑪仁波切◎著	350 元
JB0136	醫者慈悲心：對醫護者的佛法指引	確吉．尼瑪仁波切 大衛．施林醫生◎著	350 元
JB0137	中陰指引——修習四中陰法教的訣竅	確吉．尼瑪仁波切◎著	350 元
JB0138	佛法的喜悅之道	確吉．尼瑪仁波切◎著	350 元
JB0139	當下了然智慧：無分別智禪修指南	確吉．尼瑪仁波切◎著	360 元
JB0140	生命的實相——以四法印契入金剛乘的本覺修持	確吉．尼瑪仁波切◎著	360 元
JB0141	邱陽．創巴仁波切 當野馬遇見馴師：修心與慈觀	邱陽．創巴仁波切◎著	350 元

衆生系列 JP0175
歡迎光臨解憂咖啡店：大人系口味・三分鐘就讓您感到幸福的真實故事
コーヒーと楽しむ 心が「ホッと」温まる50の物語

作　　者／西澤泰生
譯　　者／洪玉珊
責任編輯／游璧如
業　　務／顏宏紋

總 編 輯／張嘉芳
出　　版／橡樹林文化
城邦文化事業股份有限公司
104 台北市民生東路二段 141 號 5 樓
電話：(02)2500-7696　傳眞：(02)2500-1951
發　　行／英屬蓋曼群島商家庭傳媒股份有限公司城邦分公司
104 台北市中山區民生東路二段 141 號 2 樓
客服服務專線：(02)25007718；25001991
24 小時傳眞專線：(02)25001990；25001991
服務時間：週一至週五上午 09:30 ～ 12:00；下午 13:30 ～ 17:00
劃撥帳號：19863813　戶名：書虫股份有限公司
讀者服務信箱：service@readingclub.com.tw
香港發行所／城邦（香港）出版集團有限公司
香港灣仔駱克道 193 號東超商業中心 1 樓
電話：(852)25086231　傳眞：(852)25789337
Email: hkcite@biznetvigator.com
馬新發行所／城邦（馬新）出版集團【Cité (M) Sdn.Bhd. (458372 U)】
41, Jalan Radin Anum, Bandar Baru Sri Petaling,
57000 Kuala Lumpur, Malaysia.
電話：(603) 90578822　傳眞：(603) 90576622
Email：cite@cite.com.my

內頁排版／歐陽碧智
封面設計／兩棵酸梅
照片提供／丁品方（P99）、賴婕予（P199）、陳飛宇（除 P99 及 P199 的照片）
印　　刷／韋懋實業有限公司

初版一刷／ 2020 年 9 月
ISBN ／ 978-986-99011-5-4
定價／ 320 元

城邦讀書花園
www.cite.com.tw

國家圖書館出版品預行編目（CIP）資料

歡迎光臨解憂咖啡店：大人系口味・三分鐘就讓您感到幸福的真實故事 / 西澤泰生著；洪玉珊譯 . -- 初版 . -- 臺北市：橡樹林文化，城邦文化出版：家庭傳媒城邦分公司發行，2020.09
面 ； 公分 . --（衆生；JP0175）
ISBN 978-986-99011-5-4（平裝）

861.6　　109013099

廣　告　回　函
北區郵政管理局登記證
北 台 字 第 10158 號

郵資已付　免貼郵票

104 台北市中山區民生東路二段 141 號 5 樓

城邦文化事業股份有限公司

橡樹林出版事業部　收

請沿虛線剪下對折裝訂寄回，謝謝！

|橡|樹|林|

書名：歡迎光臨解憂咖啡店：大人系口味・三分鐘就讓您感到幸福的真實故事

書號：JP0175

橡樹林文化
讀者回函卡

感謝您對橡樹林出版社之支持，請將您的建議提供給我們參考與改進；請別忘了給我們一些鼓勵，我們會更加努力，出版好書與您結緣。

姓名：＿＿＿＿＿＿＿＿ □女 □男 生日：西元＿＿＿＿＿＿年

Email：＿＿＿＿＿＿＿＿＿＿＿＿＿＿＿＿

●您從何處知道此書？

□書店 □書訊 □書評 □報紙 □廣播 □網路 □廣告 DM

□親友介紹 □橡樹林電子報 □其他＿＿＿＿＿＿

●您以何種方式購買本書？

□誠品書店 □誠品網路書店 □金石堂書店 □金石堂網路書店

□博客來網路書店 □其他＿＿＿＿＿＿

●您希望我們未來出版哪一種主題的書？（可複選）

□佛法生活應用 □教理 □實修法門介紹 □大師開示 □大師傳記

□佛教圖解百科 □其他＿＿＿＿＿＿

●您對本書的建議：

＿＿＿＿＿＿＿＿＿＿＿＿＿＿＿＿＿＿＿＿

＿＿＿＿＿＿＿＿＿＿＿＿＿＿＿＿＿＿＿＿

＿＿＿＿＿＿＿＿＿＿＿＿＿＿＿＿＿＿＿＿

非常感謝您提供基本資料，基於行銷及客戶管理或其他合於營業登記項目或章程所定業務需要之目的，家庭傳媒集團（即英屬蓋曼群商家庭傳媒股分有限公司城邦分公司、城邦文化事業股分有限公司、書虫股分有限公司、墨刻出版股分有限公司、城邦原創股分有限公司）於本集團之營運期間及地區內，將不定期以MAIL訊息發送方式，利用您的個人資料於提供讀者產品相關之消費與活動訊息，如您有依照個資法第三條或其他需服務之務，得致電本公司客服。

我已經完全了解左述內容，並同意本人資料依上述範圍內使用。

＿＿＿＿＿＿＿＿＿＿（簽名）

COFFEE
Coffee
Coffee
Coffee

Coffee
COFFEE